14661

LETTRES

DE MADAME

LA DUCHESSE DU MAINE

ET DE MADAME

LA MARQUISE DE SIMIANE.

LETTRES

DE MADAME

LA DUCHESSE DU MAINE

ET DE MADAME

LA MARQUISE DE SIMIANE,

Précédées de Notices historiques et de Notes biographiques,

Pour servir de suite aux LETTRES DE MESDAMES DE VILLARS, DE COULANGES, DE LAFAYETTE, DE NINON DE L'ENCLOS ET DE MADEMOISELLE AÏSSÉ.

A PARIS,

Chez LÉOPOLD COLLIN, Libraire, rue Gît-le-Cœur, n°. 4.

AN XIII. — 1805.

OBSERVATIONS

DES ÉDITEURS.

L'accueil que le public a fait aux *Lettres de madame de Villars, de mademoiselle de Lenclos et de mademoiselle d'Aïssé*, nous a déterminés à lui présenter un nouveau recueil de lettres écrites par des femmes.

Elles sont, il faut l'avouer, nos maîtres en ce genre. Un homme, en écrivant des lettres, travaille et peine; il cherche l'esprit et manque le naturel; c'est l'amour-propre qui mène sa plume. Celle d'une femme est conduite par le sentiment; et s'il lui échappe une pensée ingénieuse, c'est son cœur qui l'a trouvée. Elle a toujours l'expression de la chose; le goût dicte et la grace écrit.

a

Voilà ce qu'on remarquera dans les lettres de madame de *Simiane*, que nous donnons aujourd'hui.

Nous les faisons précéder de la charmante correspondance de madame la duchesse *du Maine* avec madame *de Lambert* et M. *de La Motte*.

Outre l'intérêt du style, ces lettres auront celui de rappeler cette cour de Sceaux, et ces Mardis de madame *de Lambert*, où l'esprit se montroit sans prétention, le savoir sans pédanterie et la grandeur sans étiquette; où la raison sourioit à la gaîté, et où le bon ton et le bon goût, étonnés de se trouver ensemble, après les orgies de la régence, ramenoient les beaux jours du règne de Louis xiv.

Entrons dans quelques détails sur les trois principaux personnages de ce commerce épistolaire. Nous consacrerons ensuite quelques lignes à madame de Simiane.

I.

MADAME LA DUCHESSE DU MAINE.

Anne-Louise Bénédicte de Bour-bon étoit petite-fille du *grand Condé*, qui revivoit en elle par l'élévation des sentimens, les ressources de l'imagination, la fermeté du caractère et le goût des beaux arts.

La nature ne lui avoit pas prodigué ces dons extérieurs qui séduisent. Elle n'étoit ni jolie, ni bien faite; mais, comme le dit l'auteur de la *Métromanie*,

Les personnes d'esprit sont-elles jamais laides?

mademoiselle *de Bourbon* qui en avoit infiniment, le montra de bonne heure.

Son nom ne lui permettoit pas de se choisir un époux; et ce n'est peut-être pas une petite consolation pour les filles sans grande naissance ou sans grande fortune, que de pouvoir disposer de leur main au gré de leurs sentimens. Louis XIV, après avoir légitimé les enfans qu'il avoit eus de madame *de Montespan*, voulut, par des mariages faits dans sa famille, leur assurer le rang auquel il les avoit élevés. C'est ainsi qu'il maria mademoiselle *de Blois* au fils du duc *d'Orléans* ; et monsieur le duc *du Maine* à la petite-fille du prince *de Condé*.

Ces deux derniers époux ne se convenoient pas : l'une avoit le cœur haut, les idées étendues, beaucoup d'ambition, beaucoup de moyens, et réunissoit au manège d'une femme adroite, l'esprit de combinaison et de suite d'un politique habile ; l'autre avoit été balotté, dès l'enfance, entre des médecins occupés à le guérir d'un défaut de conformation qui le rendoit boiteux, et la veuve *Scarron*, qui l'accabloit de son pé-dantisme, mettoit de l'importance à des riens, et faisoit imprimer, sous le nom de l'enfant, des versions qu'elle avoit faites. Il étoit timide, réservé, défiant même, et conservoit, avec le goût de l'étude et des vertus, celui de la retraite. Né pour être quelque chose, il n'aspiroit qu'à n'être rien; et quoiqu'il ait fait voir qu'il avoit des connoissances, il n'a jamais mon-tré qu'il eût du caractère.

Aussi ne sut-il que se laisser gou-verner par sa femme, qui l'entraîna souvent dans des dépenses excessives. Mais son empire ne s'étendoit que jusque-là.

En vain après la mort de Louis xiv, elle le pressoit de faire valoir ses titres à la régence et à l'éducation du jeune roi; loin d'agir, il s'amusoit à tra-duire *l'Anti-Lucrèce*; tellement qu'elle lui dit dans un mouvement d'impatience : *Vous trouverez un beau matin , en vous éveillant, que vous êtes de l'Académie , et que monsieur le duc* d'Orléans *est régent du royaume.*

C'est ce qui arriva : on ôta même aux princes légitimés le droit de succéder à la couronne au défaut des princes légitimes. Ce fut alors que madame la duchesse *du Maine*, n'écoutant plus que l'ambition et la vengeance, trama contre le duc *d'Orléans* une conspiration qui devoit le perdre , et rendre à son indolent époux les avantages qu'il s'étoit laissé ravir , sans même les défendre.

Mais il en fut de cette conjuration comme de celle de *Catilina.* Une fille publique en découvrit au régent le secret , qu'elle avoit eu l'adresse de surprendre.

Aussitôt des lettres de cachet fu-

rent expédiées, et les prisons s'ou-
vrirent. Monsieur le duc *du Maine*,
vrai mannequin de cette comédie,
qui pouvoit finir tragiquement, fut
enfermé dans la citadelle de Dour-
lens ; et sa femme, qui en étoit le
principal moteur, fut conduite au
château de Dijon : la Bastille reçut
les autres conjurés, ou même ceux
qui n'étoient que soupçonnés.

La liberté ne fut rendue à monsieur le duc et à madame la duchesse
du Maine qu'en 1720, c'est-à-dire,
deux ans après leur détention.

Il n'en fit usage que pour se livrer,
dans son intérieur, à l'étude et à la
dévotion.

Elle n'en profita que pour tourner vers les arts d'agrément l'activité
de son ame. Sceaux, où elle tenoit
sa cour, devint l'école du goût, le
temple des muses ; et jamais, il faut
en convenir, on ne vit un plus bel

assemblage de gens d'un rare mérite.

C'étoit *Voltaire*, cet homme universel, si brillant quand il s'élève, si aimable quand il badine.

Ce *Fontenelle*, qui tenoit tour-à-tour le compas *d'Uranie* et la flûte *d'Euterpe*.

Ce *La Motte*, qui a mis tant d'esprit dans ses fables et tant de grace dans ses odes érotiques.

Ce *Saint-Aulaire*, qui, plus vieux encore qu'*Anacréon*, faisoit des vers plus délicats.

Ce *Melchior de Polignac*, dont la poésie lutte avec avantage contre *Lucrèce*, qu'il terrasse par la force de la vérité.

Ce *Chaulieu*, qui seroit le premier de nos gentils poètes, s'il n'en étoit pas le plus négligé.

Ce *Malézieu*, si versé dans la lecture des anciens, qui s'entendoit si bien à ordonner une fête, et qui faisoit si facilement ces vers de société où l'à-propos tient lieu de la perfection, et vaut souvent mieux.

Cet abbé *Genét,* bon académicien, poëte fécond, quoique médiocre, dont les pièces se supportoient sur la scène, et dont la conversation, les bons mots et les plaisanteries faisoient l'amusement des cercles.

Cette présidente *Dreuillet,* qui disoit ou écrivoit sans prétention des choses dont toute autre eût été fière.

Cette demoiselle *de Launay,* dont l'esprit étonna *Fontenelle* et tourna la tête à l'octogénaire *Chaulieu,* qui d'abord femme-de-chambre de madame la duchesse *du Maine,* commença par lui mettre des papillotes, et finit par lui prêter sa plume, qui lui fut fidèle dans la disgrace, comme *Pélisson* l'avoit été à *Fouquet,* conquit l'estime de la princesse, mérita son amitié, et, sous le nom de ma-

dame *de Staal*, fut un des ornemens de sa société.

Ce n'est pas qu'il ne s'y glissât quelquefois des esprits d'un ordre infé-
rieur. Ils faisoient nombre. On trouvoit en eux des applaudisseurs, sans
y craindre des rivaux.

D'ailleurs, madame la duchesse *du
Maine* aimoit à être entourée. La
quantité flattoit son amour-propre
peut-être autant que le choix. Le
vieux *Saint-Aulaire*, qu'elle appeloit son *Berger*, fatigué un jour de
cette compagnie insipide et bruyante,
lui demanda ce qu'elle vouloit faire
de gens qui lui convenoient si peu.
Que veux-tu, mon Berger? lui ré-
pondit-elle; *j'ai le malheur de ne
pouvoir me passer des choses dont
je n'ai que faire.*

Quand le spectacle, où madame *du
Maine* prenoit assez fréquemment
des rôles, n'occupoit pas les soirées,

on les employoit à de petits jeux, où la liberté et la gaîté électrisant les esprits, en faisoient jaillir de vives étincelles.

Madame la duchesse *du Maine* jouant au jeu du *secret*, demande à M. *de Saint-Aulaire*, qu'elle appeloit aussi son *Apollon*, le secret qu'il veut lui confier : sa réponse est connue :

> La divinité qui s'amuse
> A me demander mon secret,
> Si j'étois Apollon, ne seroit pas ma Muse ;
> Elle seroit Thétis, et le jour finiroit.

Une autre fois on propose à *Fontenelle* cette question :

Quelle différence y a-t-il entre la maîtresse du logis et une pendule ?

L'une, répond le philosophe bel-esprit, *marque les heures, l'autre les fait oublier.*

On lui donna ces bouts rimés à remplir : *fontanges, collier, oranges* et *soulier*. Il s'en acquitta ainsi, en regardant une des jolies femmes de l'assemblée :

Que vous montrez d'appas depuis vos deux *fontanges*
      Jusqu'à votre *collier* !
Mais que vous en cachez depuis vos deux *oranges*
      Jusqu'à votre *soulier* !

Voltaire, condamné à faire une énigme pour racheter son gage, improvisa celle-ci, qui est la meilleure que je connoisse :

    Cinq voyelles, une consonne,
    En français composent mon nom,
    Et je porte sur ma personne
    De quoi l'écrire sans crayon (1).

La même pénitence fut imposée à *La Motte*, qui l'accomplit avec cette autre énigme :

    A la candeur qui brille en moi
    Se joint le plus noir caractère.
    Il n'est rien que je ne tolère;
    Mais je suis méchant quand je boi (2).

---

(1) Oiseau.
(2) Papier.

Ainsi couloient à Sceaux, pour madame la duchesse *du Maine*, des jours paisibles et heureux, qui n'eussent été pour elle que des jours d'orage ou d'ennui, si elle fût parvenue à faire donner la régence à son mari.

On a remarqué, et cet éloge est la censure de son siècle, que parmi ces jeux, ces amusemens et ces fêtes de Sceaux, la religion fut toujours respectée.

Monsieur le duc *du Maine* y mourut en 1736. Madame la duchesse en 1753.

On a imprimé un recueil de vers assez foibles, intitulé : *Les Amusemens de Sceaux*. Ceux que j'ai cités n'y sont même pas.

A l'égard des lettres qu'on va lire, elles sont précédées d'un petit avertissement qui indique l'occasion qui les fit naître.

Nous y avons joint quelques autres

lettres qui se trouvent parmi celles de madame *de Maintenon :* tout ce qui est de madame la duchesse *du Maine* mérite d'être conservé.

II.

MADAME DE LAMBERT.

Anne-Thérèse de Marguenat de Courcelles , épouse du marquis *de Lambert* , étoit fille d'un conseiller-maître à la chambre des comptes de Paris. Elle n'avoit que trois ans lorsque son père mourut. Sa mère épousa en secondes noces, le célèbre *Bachaumont* , conseiller au parlement.

Cet homme , à qui le *voyage de Languedoc et de Provence* doit peut-être ses plus jolis vers, prit un soin particulier de sa belle-fille. Il lui inspira le goût de l'étude, forma son jugement , lui enseigna les secrets peu connus de l'art d'écrire , et lui donna cette justesse d'idées, cette adresse à choisir ses expressions, cette pureté de langage et cette élégance de style qui caractérisent les écrits de madame *de Lambert.*

Elle fut mariée en 1666, et perdit son époux vingt ans après. Il lui laissa des procès sans nombre, qu'elle fut assez heureuse pour gagner; et ce succès lui assura une fortune considérable.

Elle en fit un digne usage; sa maison devint le rendez-vous de ce qu'il y avoit de plus distingué dans Paris par la naissance, les emplois ou les talens.

On se rassembloit à dîner chez elle deux fois la semaine, le mardi et le mercredi; et le reste de la journée s'y passoit en entretiens ingénieux ou savans, mais toujours agréables. Point de tables de jeu; il n'est que la ressource de ceux qui ne savent ni parler, ni écouter; il faut bien occuper leurs mains à tenir des cartes. Ceux qui n'ont pas d'autre ressource en furent jaloux ; sa maison fut traitée de bureau d'esprit par des gens qui tenoient bureau de sottise. Elle méprisa les mauvais plaisans, et continua d'embellir ses destinées et celles de ses amis par le commerce des muses.

Il y avoit pourtant une nuance entre les deux jours. Le mardi étoit consacré aux personnes du premier rang ou du premier mérite. Les artistes, les virtuoses étrangers, les littérateurs ou les savans du second ordre, étoient reçus le mercredi. La différence devoit sans doute leur déplaire ; mais il y a tant de gens qui aiment encore mieux être de quelque chose que de n'être de rien !

Un mardi, à dîner, l'on agita une question, sur laquelle madame *de Lambert* fut d'un avis, qu'elle sou-

lint avec chaleur. Aucun des con-
vives ne partagea son opinion. Elle
en parut affectée , et leur dit, avec
une sorte d'humeur, quoiqu'en sou-
riant : *Vous êtes tous des ignorans
et des imbécilles ; je proposerai la
question à mon mercredi , et je
gage qu'il pensera comme moi.*
M. *de Mairan* , assis auprès d'elle ,
se pencha vers son oreille , et lui dit
finement : *En diriez-vous bien autant à votre mercredi ?*

Elle aimoit à obliger ; et jamais la
crainte de faire des ingrats ou le peu
de retour qu'elle avoit éprouvé, ne
ferma son cœur à la compassion et
sa main aux bienfaits : c'étoit un besoin pour elle.

Sa belle ame s'est peinte dans ses
écrits. Les *avis à ma fille* sont l'é-
panchement le plus doux d'une mère
et d'une amie, dans le sein de celle
à qui elle veut enseigner le chemin

b

du bonheur. On croiroit que c'est un écrit *de Fénélon*, qui avoit pour madame *de Lambert* une considération particulière.

Nous n'imprimons ici que celles de ses lettres, qui sont relatives à la petite correspondance de M. *de La Motte* et de madame la duchesse *du Maine*. Leur lecture fera sans doute regretter les autres. Nous ne renonçons pas à l'espérance de les faire entrer dans une autre collection : elles rendroient celle - ci trop volumineuse.

Madame *de Lambert* est morte à Paris le 12 juillet 1733, à quatre-vingt-six ans.

III.

M. DE LA MOTTE.

M. *de La Motte*, dont le nom de famille est *Houdard*, naquit à Paris, dans la boutique d'un chapelier, en 1672. Ses parens le destinèrent au barreau. Mais ayant entendu un vieux avocat dire qu'il avoit autant gagné de mauvaises causes qu'il en avoit perdu de bonnes, il refusa d'entrer dans ce labyrinthe, où le hasard domine si souvent, où la chicane égare la justice, et où le sophisme étouffe la vérité.

Il tourna ses pas vers la carrière dramatique, et donna une espèce de comédie - parade intitulée *les Originaux ou l'Italien*. Elle tomba. L'amour-propre a son dépit comme l'amour, et les résultats en sont souvent les mêmes. Que d'amantes abandonnées, que d'amans trahis ont cherché leur consolation dans les cloîtres ! *La Motte* alla cacher sa honte et son humeur dans la rigoureuse solitude de la *Trappe*. Elle étoit gouvernée par le respectable

Rancé. Il éprouva l'aspirant, s'aperçut du peu de solidité de sa vocation, et le renvoya après trois mois d'épreuves.

Cette fois les muses en firent tout de bon leur prosélyte. Il offrit à toutes quelques grains d'encens. Son *Inès de Castro* est une de nos tragédies qui a le plus d'effet au théâtre , et dont le succès y est le plus sûr.

Dans l'ode il fut le rival de Rousseau , quoiqu'il soit toujours resté au-dessous de lui. Ses fables pétillent de pensées et d'esprit; mais qui peut en composer après *la Fontaine?* Ses odes anacréontiques ont le charme de ce genre ; et quoiqu'elles aient près d'un siècle , elles se chantent encore. Ses opéras, pour être inférieurs à ceux *de Quinault,* ne le cèdent à aucun de ceux qui sont venus après ce grand maître , si l'on excepte *Castor et Pollux.* Sa prose enfin est pleine de cette amabilité qui attache les lecteurs; et il faut qu'elle ait beaucoup de ce mérite pour plaire encore après celle de *Buffon*, de *Jean-Jacques* et de *Voltaire*.

Avec quelle finesse, quelle mesure, quel ton de politesse il répondit à madame *Dacier*, qui l'avoit traité si durement dans sa défense d'*Homère* !

Il met encore plus d'adresse, de convenance, de mignardise même, dans ses lettres à madame la duchesse *du Maine*; on diroit en les lisant, que c'est le dieu du goût et des convenances qui a tenu la plume. Les vers n'en valent rien. Peut-être *La Motte* pensoit-il que la familiarité d'une lettre doit tout faire pardonner. On sait d'ailleurs, qu'il mettoit la prose fort au-dessus des vers, et que ceux-ci lui paroissoient toujours bons, quelle qu'en fût la tournure.

*

Madame la duchesse *du Maine* les aimoit; on rapporte même qu'étant un jour dans son lit, malade et souffrante, elle dit à ceux qui l'environnoient : *Faites des vers pour moi, il n'y a que ce remède qui me puisse guérir.*

La Motte, en rimant beaucoup, la servoit peut-être mieux selon son goût qu'en rimant bien. Il n'étoit déjà plus jeune quand il versifia pour elle; sa vue étoit affoiblie; une humeur de goutte le tourmentoit. Comment ne pas s'étonner qu'au milieu des privations et des souffrances, il ait pu conserver cette fleur de galanterie qui brille dans sa correspondance ? encore s'il eût pu lire à la princesse sa prose ou ses vers, elle leur eût trouvé bien plus d'agrément; car l'un des grands talens de *La Motte* étoit de bien réciter; plusieurs fois, à l'académie, il a fait trouver belles des pièces qui étoient à peine médiocres.

Il fut l'ami constant *de Fontenelle*, qui disoit souvent : *Le plus beau trait de ma vie est de n'en avoir pas été jaloux.*

Les lettres et ses amis le perdirent le 26 décembre 1731.

I V.

MADAME LA MARQUISE DE SIMIANE.

Elle étoit fille de M. de Grignan, commandant en Provence, et chevalier des ordres du roi. Sa grand'mère maternelle étoit la célèbre madame *de Sévigné*, qui en parle si souvent dans ses lettres sous le nom de *Pauline*, qui se voyoit avec tant de plaisir renaître et recommencer dans cette *aimable et jolie petite créature*, et qui semble en effet lui avoir légué son esprit et ses graces.

Née à Paris en 1674, *Pauline de Crignan* épousa, en 1695, le marquis *de Simiane*, d'une des meilleures maisons de Provence.

Si la femme la plus estimable, au jugement d'un ancien, est celle qui a fait le moins parler d'elle, madame *de Simiane*, qui se borna toujours à remplir ses devoirs de famille et de société, a, sous ce rapport, de grands droits à l'estime publique.

Elle en a de particuliers à celle des gens de goût, sous le rapport épistolaire.

Ses lettres, sans avoir l'aisance, le naturel et l'abandon de celles de sa grand'mère, en ont l'esprit, la finesse, et de plus cette vivacité, ces saillies, ces tournures provençales qui donnent du mouvement au style, et préviennent cette monotonie, le plus triste défaut d'un écrivain. Peut-être y a-t-il, dans les lettres de madame *de Simiane*, trop de ces phrases qu'il faut lire deux fois pour les entendre : c'est qu'elle écrivoit dans un pays où l'on ne marche qu'en courant, où l'on ne court qu'en sautant, et où 'es imaginations, aussi ardentes que les corps sont agiles, vont tout de suite au fait, suppriment les idées intermédiaires, dédaignent les lenteurs grammaticales, et veulent que tout le monde saisisse à demi-mot.

C'est souvent un mérite de plus : c'est celui des esprits prompts et fins; et madame *de Simiane* avoit bien ce genre d'esprit.

Elle faisoit aussi des vers, mais de simples vers de société que la prétention ne dictoit jamais. Telle que je l'ai peinte en commençant, elle devoit être bien loin de la manie qu'ont eue beaucoup de femmes de vouloir tenir un rang parmi les beaux esprits.

L'abbé *de Vauxcelles* nous a con-

servé un fragment des vers de madame *de Simiane* : on ne sera pas fâché de les retrouver ici. Ils furent faits dans le cours d'un procès qu'elle suivoit au parlement d'Aix contre les créanciers de la succession de son père.

> Lorsque j'étois encor cette jeune Pauline,
>   J'écrivois, dit-on, joliment ;
> Et sans me piquer d'être une beauté divine,
>   Je ne manquois pas d'agrément.
>   Mais depuis que les destinées
>   M'ont transformée en pilier de palais,
>   Que le cours de plusieurs années
>   A fait insulte à mes attraits,
>   C'en est fait ; à peine je pense ;
>   Et quand, par un heureux succès,
>   Je gagnerois tout en Provence,
>   J'ai toujours perdu mon procès.

Après le gain de ce procès ; je ne parle pas de celui des attraits, que la plus jolie femme perd toujours contre le temps ; mais après le gain du procès de la succession, madame *de Simiane* revint à Paris, et se renferma dans les bornes d'une société choisie dont elle faisoit les délices. Elle avoit le talent de bien parler, comme celui de bien écrire ; et sa conversation, toujours vive, toujours aussi enjouée que si elle eût été sur les bords de la Durance, la faisoit écouter quand elle étoit dans un salon, et regretter quand elle n'y étoit pas.

L'envie ne lui a jamais reproché qu'un peu d'inégalité dans l'humeur: heureux pourtant qui n'a que ce léger défaut ! et ce qui prouve qu'il étoit peu sensible chez elle, c'est qu'on ne la recherchoit pas moins, et qu'elle n'a jamais perdu aucun de ses amis.

Achevons son portrait d'après l'abbé *de Vauxcelles.* « Une ame haute, » généreuse, compatissante, un cœur » droit, sensible, ami du vrai, for- » moient essentiellement son carac- » tère. Les grands principes de reli- » gion dont elle fut nourrie, se re- » trouvoient en elle jusque dans le

» tumulte de la cour et du monde.
» Mais ils ne parurent jamais avec
» plus d'éclat que vers les dernières
» années de sa vie, qu'elle passa dans
» l'exercice constant des vertus su-
» blimes du christianisme ».

Elle mourut à Paris, le 2 juillet 1737.

Cette époque si rapprochée de la date des lettres que nous offrons ici au public, lui fera sans doute regretter de ne pas voir celles de la jeunesse de madame de Simiane ; le feu de l'âge et l'imagination ont dû leur donner un coloris que la raison et le goût plus formé ne remplacent jamais.

Nous invitons les personnes qui pourroient les connoître à en informer le libraire qui publie celles-ci ; et nous nous ferons un devoir et un plaisir d'en enrichir notre littérature. On écrit tous les jours, et tout le monde écrit ; on ne sauroit donc trop multiplier les bons modèles.

LETTRES

DE MADAME

LA DUCHESSE DU MAINE.

LETTRES

DE MADAME

LA DUCHESSE DU MAINE.

Pendant que madame la duchesse *du Maine* étoit à la ville d'Eu, madame la marquise *de Lambert,* à qui elle écrivoit, montra quelques-unes de ses lettres à MM. *de La Motte, Fontenelle* et autres, qui dînoient chez elle, comme ils avoient coutume de faire, tous les mardis, jour auquel elle rassembloit les personnes les plus distinguées par l'esprit et par le savoir. Les lettres de madame la duchesse *du Maine* furent admirées, et M. *de la Motte* se distingua dans l'applaudissement général qu'elles reçurent. Mademoiselle *de Launay,* qui étoit chez madame *de Lambert,* et qui avoit aussi montré les lettres que madame la duchesse *du Maine* lui avoit fait l'honneur de lui écrire, lui rendit compte de ce qui s'étoit passé ; sur quoi elle reçut la réponse qui suit.

~~~~~~~~~~~~~~~~~~~~~~~~~~~~~~~~~~

LETTRE PREMIÈRE.

Mme la Duchesse DU MAINE *à Mlle* DE LAUNAY.

Eu, ce 16 août 1726.

COMMENT, ma chère *Launay!* on fait lecture de mes lettres en plein Mardi (1)! en présence de l'abbé *de Bragelonne!* et c'est madame *de Lambert* et vous qui me faites cette trahison! Encore passe si je n'étois exposée qu'au Mercredi de M. *Subtil;* mais *La Motte, Fontenelle,* l'abbé *Mongault* (2), etc.! cela me fait trembler. M. *de La Motte* approuve ma mauvaise prose: tout comme il vous plaira.

Si j'écrivois comme lui, je ne lui aurois pas tant d'obligation de vanter mon

_____

(1) Jour d'assemblée chez madame de Lambert.
(2) Traducteur des *Lettres de Cicéron à Atticus.*

style ; mais je ne serois pas si honteuse qu'on le mît au jour. Vous me mandez de revenir bien vite, parce que la peste est à Paris. Cela est tout-à-fait charmant : il est vrai que vous ajoutez que ma présence fera cesser la contagion. Je ne me flatte pas d'être un préservatif ; je crains bien plutôt d'augmenter le nombre des pestiférés. Cependant je conviens qu'il ne seroit pas honnête de vouloir rester seule en ce monde, et, en personne qui sait vivre, je veux montrer que je sais mourir avec le genre humain quand il est nécessaire. Vous voyez que, malgré mes frayeurs, je prends courage quand il faut. Je partirai donc le 22, comme je vous l'ai déjà mandé, et je serai à Sceaux le 31 de ce mois, s'il plaît à la peste de ne pas m'arrêter en chemin.

Comme vous êtes la dépositaire de tous mes mauvais ouvrages, je croirois vous

ravir vos droits , si je manquois à vous
envoyer deux malheureux rondeaux qui
sont sortis de ma stérile cervelle. Si on
les lit à l'assemblée du Mardi , me voilà
deshonorée en vers comme en prose.

Adieu, ma chère *Launay,* je mets ma
réputation entre vos mains ; soignez-la
mieux à l'avenir que vous n'avez fait par
le passé.

Mademoiselle *de Launay ,* loin de se
corriger par cette réprimande , n'en eut
que plus d'envie de faillir, et porta cette
nouvelle lettre à l'assemblée du Mardi suivant. Après les éloges accoutumés, on fit
remarquer à M. *de La Motte* la distinction
avec laquelle il étoit traité, et on lui dit
qu'il devroit en faire ses remercîmens lui-
même à madame la duchesse *du Maine;* il
s'en excusa modestement, alléguant son respect et son insuffisance , et enfin la difficulté
qu'il y avoit de rien écrire qui pût plaire à
une princesse d'un discernement si juste,
d'un goût si délicat, et qui étoit si autorisée,

par sa manière d'écrire, à condamner celle des autres. On tâcha de l'encourager, mais inutilement, jusqu'à ce que M. *de Fontenelle* lui proposa d'écrire au nom du Mardi, puisqu'il n'avoit pas le courage de le faire en son nom. Cela fut généralement approuvé, et M. *de La Motte*, après avoir encore résisté quelque temps, acquiesça, et écrivit une lettre qui fut envoyée à madame la duchesse *du Maine* avec une de madame *de Lambert*. Les voici toutes les deux.

LETTRE II.

Mme DE LAMBERT, *à Mme la Duchesse* DU MAINE.

VOICI, Madame, le respectable Mardi qui vient rendre hommage à votre *Altesse Sérénissime*. Le grand *Fontenelle*, paré de tous ses talens, également bien avec les muses sérieuses et badines, dont la réputation se répand partout, secrétaire et presque doyen des académies , est à vos genoux.

L'inflexible *La Motte*, qui a voulu renverser le culte d'Homère, et qui n'a jamais brûlé un grain d'encens sur son autel , jette des poignées de fleurs sur le vôtre.

Le Mentor d'un grand prince, qui endoctrine mieux que Minerve , qui prête des graces à Cicéron (1), et qui en est moins le traducteur que le rival , se prosterne devant votre Altesse Sérénissime.

L'aimable abbé *de Bragelonne* , chéri des Graces et des Muses , tant vanté par vous , est reçu dans le concert de ceux qui célèbrent vos louanges.

L'exact , le mesuré , ou plutôt la précision même , enfin le grand géomètre M. *de Mairan* , vient renouveler les

----

(1) L'abbé *Mongault*.

hommages qu'il a déjà eu l'honneur de vous rendre. Vous voyez bien, Madame, que tous les grands hommes mettent leur gloire à vous honorer. Il étoit bien juste que l'Académie, qui vous doit tant, vînt rendre à votre Altesse Sérénissime des remercîmens en forme. La langue ne se perfectionne que quand vous la parlez, ou quand on parle de vous.

Je vous attends, Madame, avec tout l'empressement que peut inspirer le respectueux dévouement avec lequel j'ai l'honneur d'être, Madame, la très-humble et très-obéissante.

Paris, le 23 août 1726.

LETTRE III.

M. DE LA MOTTE *à Mme la Duchesse*
DU MAINE *, au nom du* Mardi.

VOICI encore, Madame, un accident
de votre voyage et que vous n'aviez pas
prévu ; c'est la lettre que j'ai l'honneur
de vous écrire au nom du Mardi, de ce
Mardi si redoutable , et qui peut se vanter de votre jalousie, grace à cet abbé
de Bragelonne , que votre berger n'a
pas encore oublié, quoi qu'il en dise ,
et que madame *de Dreuillet* n'a pas vu
aussi inutilement qu'elle le veut faire
croire. Je ne sais , Madame, par quel
caprice ce Mardi qui a sous ses ordres le
secrétaire perpétuel de l'Académie , m'a
chargé, moi, de vous remercier de la
haute idée que vous aviez de nous. Quoi !
vous, Madame, qui, à ce qu'on nous

raconte, passez sans émotion sur le pont
de Poissy, vous que n'effrayent ni les
canonnades, ni les tempêtes de l'Océan,
ni même les harangues, vous n'avez pu
apprendre, sans trembler, que mademoiselle *de Launay* nous ait lu vos lettres ?
Il le faut avouer, Madame, vous aviez
quelque raison de craindre ; il ne vous
eût servi de rien d'être princesse, si vos
lettres n'avoient été charmantes ; vous
avez été jugée comme une simple *Scudéry*;
et l'exact M. *de Mairan* nous auroit démontré sans miséricorde que vous n'aviez
pas plus d'esprit qu'un autre, si la proposition eût été soutenable. Mais il a fallu
se rendre de bonne grace, et convenir
que, tout altesse que vous êtes, vous mé-
riteriez bien d'être du Mardi. Vous n'en
serez pourtant pas, Madame, et je vous
en plains ; voilà ce que c'est que d'être
princesse. Mais consolez-vous, vos let-

tres, vos rondeaux, vos amusemens en seront ; nous les traiterons toujours comme de dignes associés ; nous les admirerons souvent par justice et par goût ; et quelquefois, pour peu qu'ils donnent prise, nous les critiquerons pour maintenir la liberté. Enfin, Madame, on se dédommagera de ne pas vous avoir en personne, par le plaisir de dire ingénuement de vous tout ce qu'on en pense, et avec des sentimens plus naïfs que votre présence ne le permettroit. Nous sommes, Madame, avec le plus profond respect, vos très-humbles et très-obéissans serviteurs et servantes,

LE MARDI.

LA MOTTE, secrétaire.

Madame la duchesse *du Maine* fit une réponse au Mardi, adressée à M. *de La Motte*, et une à madame *de Lambert*. Les voici l'une et l'autre.

LETTRE IV.

Mme la Duchesse DU MAINE *à* Mme DE LAMBERT.

Bissy, le 26 août.

C'EST à vous, que je dois, Madame, la lettre galante que j'ai reçue de votre aimable Mardi. Trouvez bon que je vous adresse ma réponse pour lui , et que je vous remercie de m'avoir attiré cette gloire. J'espère que cet indulgent Mardi voudra bien ne pas juger à la rigueur le style d'une personne outrée de fatigues, de chaud et de veilles : nous voyageons présentement à la pointe du jour , parce qu'il est impossible de marcher pendant la grande chaleur. Au reste, Madame , je n'ai rien vu de si parfait que la dernière lettre que vous avez pris la peine de m'écrire ; quoiqu'elle m'accable de douceurs et de louanges que je ne mérite pas, je ne puis m'empêcher de lui rendre la justice qui lui est due, et la vérité l'emporte sur ma modestie. Nous allons demain à Anet, et nous serons sûrement samedi au soir à Sceaux. Ne pourrois-je pas espérer, Madame, de vous y voir le même jour, ou du moins le lendemain ? Ne me faites pas languir, s'il vous plaît ; je sens que je ne puis plus me passer de vous voir. Je vous prie de faire mille complimens de ma part à madame de *Saint-Aulaire.*

LA BERGÈRE DE SCEAUX.

LETTRE V.

Mme la Duchesse DU MAINE *au* Mardi (1).

O MARDI respectable ! Mardi impo-
sant ! Mardi plus redoutable pour moi
que tous les autres jours de la semaine !
Mardi, qui avez servi tant de fois au
triomphe des *Fontenelle*, des *La Motte*,
des *Mairan*, des *Mongault* ! Mardi auquel est introduit l'aimable abbé *de Bragelonne* ! et pour dire encore plus, Mardi
où préside madame *de Lambert* ! je reçois avec une extrême reconnoissance
la lettre que vous avez eu la bonté de
m'écrire. Vous changez ma crainte en
amour, et je vous trouve plus aimable
que les mardis gras les plus charmans.

(1) La lettre étoit adressée à M. *de La Motte.*

Mais il manque encore quelque chose à ma gloire, c'est d'être reçue à votre auguste sénat. Vous voulez m'en exclure en qualité de princesse ; mais ne pourrois-je pas y être admise en qualité de bergère? Ce seroit alors que je pourrois dire que le mardi est le plus beau jour de ma vie. J'ai grand besoin de ce secours pour apprendre à écrire et à parler ; mais il ne m'est nullement nécessaire pour connoître et chérir le mérite de ceux qui composent vos merveilleuses assemblées.

Madame la duchesse *du Maine* étant revenue à Sceaux, et ayant engagé madame *de Lambert* à y passer quelque temps avec elle, lui proposa d'écrire à M. *de La Motte* pour elle : elle le fit. Il voulut plus, il demanda que madame la duchesse *du Maine* lui écrivît elle-même : elle eut cette complaisance, d'où s'établit le commerce de lettres qui continua entre cette princesse et M. de

La Motte jusqu'à ce qu'elle revint à Paris. Madame *de Lambert* s'y mêla souvent, et ce sont ces lettres qui suivent dans l'ordre où elles ont été écrites.

LETTRE VI.

M. DE LA MOTTE *à* Mme *la Duchesse* DU MAINE.

VOUS n'avez écrit qu'au Mardi, Madame ; et comme vous nous retenez notre présidente à Sceaux, il n'y avoit point de Mardi pour répondre à votre Altesse Sérénissime. J'avois pris le parti d'écrire en mon nom ; mais j'ai eu quelque scrupule de ma lettre, et je la supprimai. Je me repens aujourd'hui de mon scrupule ; et, puisqu'il faut absolument avoir l'honneur de vous écrire, voici la lettre dont je vous faisois grace.

En vérité, Madame, vos exclamations

B

font trop d'honneur au Mardi. Nous ne sommes pas si merveilleux que le dit votre Altesse Sérénissime ; et je ne saurois vous voir dans l'erreur sans me croire obligé de vous détromper. Connoissez donc ce Mardi, Madame ; mais ne me décelez pas : si je le trahis, songez, s'il vous plaît, que je ne le trahis que pour vous : ami jusqu'aux autels. Pour commencer par madame *de Lambert*, qui nous préside, n'avez-vous pas remarqué, Madame, qu'elle ne pense pas comme la plupart du monde ; qu'elle traite de frivole ce qui est établi comme important, et qu'elle regarde quelquefois comme important ce que beaucoup de gens traitent de frivole. Ajoutez qu'avec ce prétendu courage d'opinions singulières, elle a quelquefois la foiblesse de paroître penser comme les autres. Je vous déclare encore qu'elle néglige fort sa réputation. Vous savez,

Madame, qu'elle passe pour penser hautement, et s'exprimer toujours de même : eh bien! Madame, je vous jure qu'elle ose dire quelquefois des choses fort simples, et toujours fort simplement les plus relevées. Je ne vous dis rien de sa duperie inexcusable dans le commerce du monde ; elle y met du sentiment, de l'amitié, de la bonne foi. Est-ce là connoître les hommes ? et quand on y est attrapé, n'a-t-on pas ce qu'on mérite ?

A l'égard de M. *de Fontenelle*, vous ne serez point étonnée de l'entendre traiter d'extraordinaire. C'est un homme qui a mis le goût en principes, et qui, en conséquence, demeurera froid où les Athéniens étouffoient de rire, et où les Romains se récrioient d'admiration. Vous savez d'ailleurs, Madame, qu'il a prétendu effacer ces grands maîtres dans tous les genres; car, pourquoi ne lui supposerions-nous pas les intentions les plus mauvaises ? c'est la bonne façon de deviner les hommes. Badinage, galanterie, sentimens, philosophie, géométrie même, il a voulu briller en tout, et prouver par son exemple qu'il n'y a point de talens inaliables. Mais, à propos de géométrie, il faut tout vous dire ; il vient de faire un livre si subtil et si rêvé, que s'il perd son manuscrit de vue un mois seulement, il ne s'entend plus lui-même, pauvre tête, qui ne tient rien ! Autre défaut insoutenable dans la société : quand M. *de Fontenelle* a dit son sentiment et ses raisons sur quelque chose, on a beau le contredire, il ne daigne plus se défendre. Il allègue, pour couvrir ce dédain, qu'il a une mauvaise poitrine. Belle raison pour étrangler une dispute qui intéresse toute une compagnie !

Il faut trancher le mot sur M. *de Mai-ran ;* c'est une exactitude, une précision tyrannique, et qui ne vous fait pas grace de la moindre inconséquence ; il ne se fera pas scrupule de démontrer aux gens qu'ils ont tort, pourvu qu'il le fasse bien poliment, comme s'il ignoroit qu'en matière d'amour-propre le fond emporte la forme.

L'abbé *Mongault* est tout plein de mauvais principes ; il nous a soutenu cent fois que les femmes n'étoient faites que pour aimer et pour plaire. Il leur abandonne, tant qu'il leur plaît, l'empire de la bagatelle, mais à condition qu'elles ne touchent pas au sérieux. Je crois, Dieu me pardonne, tant sa prévention est grande, qu'il seroit quelque temps à vous rendre justice.

Madame *de Saint-Aulaire* ne sait ce que c'est que dispute ni contradiction :

quelle ressource pour un Mardi ! Elle ne met de chaleur qu'à deux choses ; à soutenir que les femmes sont plus raisonnables que nous ; et , ce qui ne s'accorde pas trop avec cela , que M. *de Fontenelle* a toujours raison.

Je ne vous dis rien de mademoiselle *de Launay* , vous la connoissez ; mais vous voyez bien , Madame , que de ce Mardi tant vanté , il n'y a que moi qui vaille quelque chose. Comme j'ai l'honneur d'être connu de vous, ce n'est pas la peine de faire le modeste. Mais quoi ! Madame , suffirois-je pour vous faire passer par-dessus tout le reste ? Si pourtant il en étoit ainsi, et que vous ne fussiez point alarmée de tout ce que je viens de vous dire , je ménagerois votre affaire le mieux qu'il me seroit possible. Je crois qu'on vous admettroit volontiers en qualité de bergère , quoiqu'en vérité, Ma-

dame, ce soit une vraie duperie que ce
détour. Qu'en arriveroit-il, Madame?
Sous ce nom de bergère, vous n'en seriez
que plus charmante, nous n'en serions
que plus sensibles, et nous n'en serions
que plus timides à le dire. Quoi que vous
fassiez, Madame, il n'y aura jamais de
nos sentimens, que le respect qui soit
bien à son aise avec vous. C'est avec ce
sentiment très-profond dans mon cœur,
que je suis, Madame,

de votre Altesse Sérénissime,

le très-humble, etc.

P. S. J'ai eu mes raisons, Madame,
pour ne vous rien dire de l'abbé *de Bragelonne.* Comme vous dites que votre
berger l'a oublié, et que je me doute qu'il
voit vos lettres, je n'ai pas voulu, par
délicatesse pour vous, lui en réveiller la
moindre idée.

LETTRE VII.

Mme DE LAMBERT à M. DE LA MOTTE.

Sceaux, ce 20 septembre 1726.

Quoi ! un style figuré, de l'ironie pour des bergères ! Vous n'y songez pas, Monsieur : je suis devenue si simple, que j'aurois pris vos louanges pour des injures, si son Altesse Sérénissime, par sa bonté, la plus aimable de ses qualités, ne m'avoit détrompée. Vous voyez bien qu'il nous faut des louanges moins fines et plus développées. Votre lettre nous a procuré une dissertation charmante sur le goût. L'esprit de la princesse sort quelquefois de la bergerie, et rentre dans ses droits de finesse et de délicatesse ; et sur ce que quelqu'un n'entendoit pas bien ce que vous avez dit de M. *de Fonte-*

nelle, qu'il avoit mis le goût en principes, Son Altesse Sérénissime a bien
voulu nous le mettre au net. Le goût
qui tient aux arts , nous a - t - elle
dit, et qui en fait la perfection, peut
être mis en principes , parce qu'il se
forme sur l'expérience ; mais pour le
goût qui tient aux sensations et aux sentimens , et qui vient de la disposition des
organes, il est purement machinal , et
ne peut être réduit à des principes,
étant indépendant de tout raisonnement.
Il n'en est pas de même de l'intelligence.
Quand on conviendra de mes principes,
on conviendra de mes conséquences.

Je puis donc espérer de soumettre à
mon avis une personne intelligente, et
je n'ai pas la même autorité sur ses sentimens, et ne puis me flatter d'amener
une personne sensible à mon goût, ni
elle de m'inspirer le sien ; je n'ai point

c

de liens pour l'attirer à moi, je n'ai point
de route pour aller à elle; rien ne se
tient dans ses goûts; ils sont uniquement
dans la dépendance et dans la disposition des organes. Suivant ces règles,
l'amour s'inspire et ne se mérite point.
Cela n'est-il pas conséquent, Monsieur?
Vraiment elle nous en dit bien d'autres.

Je conviendrai toujours de tous les
talens de M. *de Fontenelle;* mais croyez-
vous nous étonner? Nous avons ici de
quoi faire contre. A propos, Monsieur,
il y a long-temps que je dois une vengeance à notre sexe, contre vous autres
savans. Ce sera la princesse qui servira
ma vengeance. A peine nous passez-vous
un peu d'imagination et quelque lueur
d'esprit. Je vais vous montrer une princesse qui réunit en elle tous les talens;
esprit profond, géométrique et conséquent; esprit fin, délicat, lumineux avec

tous les charmes de l'imagination ; une poésie aimable , de l'enthousiasme : cela pourra mortifier l'orgueil lyrique ; enfin je vous présente en réalité ce que Saint-Evremont ne nous a donné qu'en idée.

Vous savez que, quand il a voulu nous donner un modèle de perfection , il l'a plutôt placé sur une femme que sur un homme, et il en rend raison. « J'ai cru , » dit-il, plus aisé de trouver dans les fem- » mes la solidité des hommes, que dans » les hommes les agrémens des femmes. » Voilà une grande autorité pour nous. Vous croyez que son Altesse ne viendra pas à nos Mardis? Elle y viendra, Mon-sieur, pour notre gloire et votre confu-sion. Mais que deviendrez-vous , quand vous verrez une princesse dont la dignité du rang a passé jusqu'au caractère, et qui ne fait jamais sentir sa supériorité; ce qui fait qu'on la lui pardonne? quand vous joindrez à cela les graces de la bergère, ses conversations fines et légères, cette joie qui anime, cet enjouement qui n'écarte point le sérieux, que deviendra votre respect? sera-t-il toujours bien à son aise? Enfin, quand j'aurai satisfait mon amour-propre par ma vengeance, je vous en aimerai quatre fois davantage. En attendant, Monsieur, je vous honore et je vous aime assez raisonnablement.

LETTRE VIII.

Mme la Duchesse DU MAINE *à M.* DE LA MOTTE.

JE commence par vous dire, Monsieur, que je ne vous écris point. Je crois qu'il est bon que je prenne cette précaution, de crainte que vous ne vous y trompiez,

et que vous ne preniez ceci pour une réponse. Voici la raison qui m'empêche de
vous écrire. Madame *de Lambert* vous a
fait un portrait de moi , auquel je suis
bien aise que vous croyez que je ressemble ; ainsi je dois prendre le parti de
me taire et de la laisser parler. Je ne
vous dirai donc point que, pour la première fois de sa vie, madame *de Lambert*
s'est trompée , qu'elle a fait un portrait
purement idéal, qui n'a aucune réalité , et
qui est à-peu-près comme le monde intel-
ligible du Père *Malebranche ;* qu'elle m'a
peinte comme elle voudroit que je fusse ,
et non comme je suis en effet ; que lorsqu'elle vous reproche d'avoir employé
avec elle l'ironie, elle se venge en se ser-
vant avec vous de l'hyperbole la plus outrée ; qu'elle prouve bien que le goût ne
peut être réduit en principes , puisque
le sien la trompe si fort, et lui fait voir les

choses si différentes de ce qu'elles sont !
Je ne vous dis rien de tout cela ; au contraire, je vous prie de croire tout ce
que madame *de Lambert* vous dit de
moi. Certainement je ne vous désabuse-
rai pas, ou du moins ce sera le plus tard
que je pourrai. Je vais avoir grand soin
de me cacher à tous les beaux esprits qui
ne me connoissent pas encore ; et loin de
demander d'être reçue parmi vous, je
me garderai bien de m'y produire, pour
l'honneur de madame *de Lambert* et
pour le mien. Je ne sais si je dois lui
savoir tant de gré de ce qu'elle dit de
moi. Il est vrai que j'en dois être très-
flattée ; mais d'un autre côté, elle me
met dans l'impossibilité de vanter son
discernement, sa justesse d'esprit, sa
façon d'écrire, et tant d'autres talens
qu'autrefois je pouvois louer tout à mon
aise ; elle me force à renoncer au com-

merce de tant de gens de mérite qui composent ses assemblées ; elle me réduit à
ne pouvoir écrire ni parler ; en un mot,
en me voulant rendre une personne uni-
verselle, il se trouve qu'elle m'anéantit :
cependant je ne puis me résoudre à me
priver de vos lettres. Écrivez-moi, Monsieur, et madame *de Lambert* répondra.

LETTRE IX.

M. DE LA MOTTE à Mme *la Duchesse* DU MAINE.

JE ne laisserai pas, Madame, de répondre à ce que vous n'écrivez pas. Ce que
Votre Altesse Sérénissime dit qu'elle ne
dit point, vaut mieux que ce que disent les
autres : j'en excepte pourtant madame *de
Lambert*, qui parle si bien de vous, que je

l'en crois malgré vous. Votre lettre même
la justifie à merveille de toute hyperbole, et vous avez achevé votre portrait
en le désavouant, tout ressemblant qu'il
est. Bon Dieu ! Madame, que je suis
fâché de ne pouvoir aller à Sceaux ! je
vois bien que toute la semaine est mardi
dans ce pays - là. Les *Lambert*, les
Dreuillet, les *St.-Aulaire*, et bien d'autres qui valent sans doute beaucoup,
dès qu'il vous plaisent ; et par-dessus
tout une princesse qui aide les gens,
quelque esprit qu'ils aient, à en avoir
encore davantage. Où se trouveroit l'ex-
quis, s'il n'étoit pas là ? Je vous assure,
Madame, que le Mardi, s'il m'en veut
croire, sera désormais bien modeste :
il craindra votre présence autant qu'il
la souhaitera ; et il aura grand besoin
de se rassurer sur la parole de madame
de Lambert, qui jure que vous ne faites

jamais valoir votre supériorité. Quoi qu'il en soit, Madame, venez, venez, pour la confusion des superbes. Pour moi, je ne m'embarrasse pas d'être humilié, j'ai un bon secret pour cela ; je fais mon bien du mérite des autres, par le plaisir que j'y prends. Venez nous enrichir, Madame, venez nous charmer ; exposez-vous généreusement à tous les sentimens qui pourront naître : nous vous laisserons deviner ceux qui ne se disent point ; nous envelopperons tout si bien sous le respect, que vous n'aurez rien à dire. Je vous demande une grace, Madame ; si vous daignez m'honorer d'un mot de réponse, ne me remettez point à madame *de Lambert :* il me faut une *Louise Bénédicte de Bourbon ;* je ne sais quel goût j'ai pris pour ce nom - là , mais je vous jure que je ne m'en saurois passer.

Je suis, Madame, avec un très-profond respect,

de Votre Altesse Sérénissime,

le très-humble et très-obéissant serviteur.

~~~~~~~~~~~~~~~~~~~~~~~~~~~~~~~~~~

LETTRE X.

M. DE LA MOTTE à *Mme* DE LAMBERT.

A QUOI pensez-vous, Madame, de me faire une si mauvaise querelle? Vous me confondez avec des hérétiques que j'ai combattus cent fois en votre présence, et que je viens de dénoncer moi-même à la princesse. Quoi! Madame, je ne passerois aux femmes que l'imagination et les saillies, à l'exclusion du sérieux et des vues profondes! A Dieu ne plaise, Madame! vous y avez mis bon ordre, et depuis que je vous ai vue, car il faut par-

ler quelquefois sérieusement, vous m'auriez bien guéri de cette erreur, si j'en
avois été capable. Choisissez donc mieux
où placer vos vengeances ; entreprenez
l'abbé *Mongault* et ses sectateurs ; écri-
vez-lui seulement une lettre comme celle
que j'ai reçue, et si la raison et les graces,
que vous mariez si bien, ne le conver-
tissent pas, menacez-le de la princesse,
à la bonne heure. Qu'elle vienne aux Mardis pour le confondre ; et s'il ne fait pas
abjuration sur-le-champ, qu'il en soit
exclus à jamais. J'y aurai regret : c'est
d'ailleurs un homme de mérite ; mais il y
a des erreurs capitales qui ne se pardon-
nent point. Pour moi, Madame, je fais
profession d'une meilleure doctrine. Je
tiens les femmes capables de tout ; mais
je crois que, par bon esprit, et pour profi-
ter de leurs agrémens, elles s'en sont te-
nues ordinairement à plaire, science si

agréable à exercer, et qui rapporte plus que les plus abstraites. Que feroient-elles en effet d'érudition, de métaphysique, de géométrie ? leur visage ne va pas avec cela, et le sourire et les graces s'en effaroucheroient. Les femmes ont choisi les riens, à la vérité; mais elles en savent faire quelque chose; tandis qu'il nous faut à nous de bons matériaux, dont nous ne faisons rien le plus souvent.

Vous voyez bien, Madame, que vous pouvez vous mettre à m'aimer plus qu'assez raisonnablement, puisque j'ai toujours été, et que je suis toujours avec une estime sans réserve et un très-profond respect, Madame,

Votre très-humble et très-obéissant serviteur.

LETTRE XI.

Mme la Duchesse DU MAINE *à M.* DE LA MOTTE.

MADAME *de Lambert* a juré que je ne vous écrirois pas que vous ne lui eussiez fait réponse, Monsieur ; mais elle n'a pas juré que je vous écrirois aussitôt que vous lui auriez écrit. Quand elle l'auroit fait, je ne m'en embarrasserois pas, attendu que qui répond paie, et qu'elle seroit obligée de payer pour moi. Votre lettre m'a plus confirmée que tout le reste dans la résolution que j'ai prise de ne vous point écrire. En vérité, la partie ne seroit pas égale, et mon style ne pourroit se soutenir auprès du vôtre. Outre cela, je vois que vous êtes tout prêt à croire ce que madame *de Lam-*

bert vous mande de moi ; et encore un coup, je serois folle de vouloir vous désabuser. Je demeure donc dans mon néant, et me garderai bien d'exister, pour me montrer si différente de ce qu'on dit que je suis. Cet état n'est pas brillant, mais il a ses commodités. Il vaut mieux n'être rien que de n'être pas ce qu'on vous crois, ou ce qu'on veut que vous soyez. De plus, je ne serai point obligée de prendre part à toutes les prétendues injustices qu'on fait aux femmes. L'abbé *Mongault* dira tant qu'il lui plaira qu'elles ne sont capables que de bagatelles, que les choses sérieuses et relevées ne sont pas de leur ressort, je ne me croirai point obligée de prendre fait et cause ; et, à dire vrai, je serois assez embarrassée s'il falloit le confondre. Il y a long-temps que cette hérésie a pris naissance ; je ne la crois pas si aisée à détruire que

madame *de Lambert* le prétend. On ne
peut alléguer contre nous de preuves mé-
taphysiques, mais celles de fait ne nous
sont point favorables. Cependant vous
voulez voir mon nom par écrit ; je ne sais
pas trop pourquoi ; mais j'en dois être
d'autant plus touchée que cela est moins
fondé. Vous le trouverez donc au bas de
ceci, qui est un pur néant, absolument
vide de choses, et tellement vide, qu'il
suffiroit pour donner gain de cause à
M. *Newton* contre tous les Cartésiens. Si
par hasard vous étiez encore curieux de
voir ce nom, vous savez, Monsieur, comment il faut faire pour cela. Je l'échan-
gerai toutes les fois que vous voudrez
contre des lettres aussi agréables que celles que vous m'avez écrites.

On oublia de signer cette lettre.

~~~~~~~~~~~~~~~~~~~~~~~~~~~~~~~

LETTRE XII.

Mme DE LAMBERT *à* M. DE LA MOTTE.

ON m'ordonne de vous écrire, Monsieur; mais mon génie est aussi libertin que moi; il ne vient pas toutes les fois que je l'appelle. Que vous dirai-je? Son Altesse Sérénissime m'a défendu de parler, c'est-à-dire de la louer; c'est la même chose. Pourquoi cette rigueur? Qu'a-t-elle à craindre? Elle n'a rien à faire pour se faire respecter, mais elle a tout fait pour se rendre aimable. Qu'elle nous défende donc de sentir. Je suis pourtant un être sensible. Je sens; donc je suis : voilà la démonstration de mon existence. J'abandonne ce palais *de Flore* plus réel que celui *d'Armide ;* mais il s'y fait souvent les mêmes enchantemens ; j'éprouve tous les jours sur moi l'effet du charme. Vous connoissez, Monsieur, mes souffrances et ma langueur ; tous les matins je suis sans vie ; je vais à la toilette, un regard me ranime. Mais quel regard ! tout s'y trouve, ce qui plaît, ce qui touche et ce qui séduit : regard qui n'a jamais porté à faux, et qui fait toujours son effet ; regard, enfin, que l'amour fit dans sa malice, parce qu'il défend tout ce qu'il inspire..... Le croiriez-vous, Monsieur ? ce sentiment fait pour le bonheur de l'humanité, en est banni. Puis donc qu'il n'est permis de sentir ni de parler, et que l'on m'ôte toute expression, je retourne à mes Mardis, où j'aurai plus de liberté. Mais vous voulez bien que je vous dise que j'ai pris ici des leçons de délicatesse qui me rendent très-difficile.

Adieu, Monsieur ; c'est vous dire ce

que je pense et ce que je sens, que de
vous assurer que je vous aime et vous estime infiniment.

~~~~~~

LETTRE XIII.

Mme la Duchesse DU MAINE *à* Mme DE
LAMBERT.

IL s'est fait une terrible métamorphose
en moi depuis votre absence, Madame ;
je ne raisonne plus, je n'écris plus, je
crois moi-même que je ne pense plus.
C'est à présent que je puis dire avec vérité que je suis rentrée dans le néant.
J'avois raison de craindre que la forme
sous laquelle vous me faisiez paroître
n'eût rien de réel. Mon pauvre esprit étoit
comme ces cadavres qui paroissent des
beautés admirables, tant qu'un art ma-
gique les anime, et qui ne sont plus que

des squelettes sitôt que le charme est
fini. Je suis précisément comme ces gens
qui sortent d'un sommeil pendant lequel
ils croyoient avoir des richesses en abondance, et qui sont au désespoir à leur ré-
veil de se trouver aussi pauvres qu'auparavant. En vérité, Madame, il y auroit
trop de cruauté à me laisser long-temps
dans cette situation. Je ne pourrois m'en
prendre qu'à vous de tous les dégoûts que
m'attireroit le changement qui s'est fait en
moi. En voici un des plus cruels. Le berger (1) me voyant différente de ce que je
paroissois auparavant, a pris le parti de
déserter : il m'a abandonnée pour aller
chercher M. *Subtil* et l'abbé de *Bragelonne*.
Revenez donc, Madame, si vous ne voulez pas me causer toute sorte de malheurs. Venez me faire reparoître telle

(1) Saint-Aulaire.

qu'on me voyoit par la vertu de vos enchantemens.

~~~~~~~~~~~~~~~~~~~~~~~~~~~~~~~~~~

LETTRE XIV.

M. DE LA MOTTE à Mme *la Duchesse* DU MAINE.

Vous n'êtes pas quitte de mes lettres, Madame, puisque je suis sûr de ma récompense. Ce n'est pas que je doive trop compter sur la fidélité de Votre Altesse Sérénissime : elle vient de manquer à la condition du traité, même en l'acceptant. Vous me promettiez que je verrois au bas de votre lettre *Louise Bénédicte de Bourbon*, et cependant ce nom si desiré ne s'y trouve point : vous l'avez oublié. Vous me direz, Madame, que je vous chicane mal-à-propos, que les princesses font ce qu'elles veulent, et qu'on n'a rien à leur dire : il est vrai.

Mais nous autres, Madame, nous desirons aussi ce qu'il nous plaît : quand les choses ne vont point à notre gré, il nous est permis du moins de nous en fâcher en secret ; mais on va plus loin avec vous, Madame, on ose vous le dire, et c'est là votre éloge. Vous feignez d'ignorer quel plaisir peut faire un nom : je vais donc vous l'apprendre, Madame, comme si vous l'ignoriez. Le nom est un portrait en racourci, qui réveille dans le moment l'idée de toute la personne ; supérieur à ces portraits qui ne représentent que la figure, il rappelle tout d'un coup à l'esprit le caractère, toutes les qualités personnelles ; et il fait plus ou moins cet effet, selon que la personne même a fait plus ou moins d'impression. Demandez aux amans, par exemple, quel charme a pour eux le nom de ce qu'ils aiment ; il vous diront là-dessus les plus belles choses du

monde. Eh bien! Madame, l'amour n'est
pas le seul qui y prenne un si grand goût;
le respect, l'admiration, d'autres sentimens encore y sont aussi sensibles ; et
vous pouvez vous en rapporter à mon
expérience. Mais il y a plus, Madame,
c'est quelque chose de bien précieux qu'un
nom signé au bas d'une lettre avec quelque sentiment de bienveillance. C'est un
portrait comme j'ai dit, mais il est peint
par la personne qui intéresse, et c'est elle-
même qui en fait un présent à ceux à qui
elle écrit. De-là viennent dans les amans,
car je les prends toujours pour exemple :
en matière de sentimens, ce sont les
grands maîtres ; de-là viennent leurs
transports, leurs ravissemens à la vue des
noms de ce qu'ils aiment ; vous les sur-
prendriez mille fois, quand ils se croient
sans témoins, à relire les lettres qu'ils
ont reçues, à s'enflammer, à s'attendrir à

l'aspect du nom chéri, le baignant quelquefois de leurs larmes, s'ils sont malheureux, et le baisant sans cesse, s'ils
sont heureux. Vous jugez bien, Madame,
que je n'en userai pas ainsi avec le vôtre;
je n'ai garde, et je sais trop bien mon
devoir : si cela m'arrivoit par malheur,
je le nierois comme beau meurtre ; mais
on est bien hardi quand on est tout seul.

Je suis, Madame, avec un profond respect, de Votre Altesse Sérénissime,

le très-humble et très-
obéissant serviteur.

LETTRE XV.

Mme la Duchesse DU MAINE *à M.* DE
LA MOTTE.

JE ne sais par quel malheur mon nom ne
s'est pas trouvé sur le papier que je vous

ai envoyé. Certainement, je croyois l'y avoir mis : il faut que quelque malin enchanteur l'ait fait disparoître, ou plutôt quelque folet bienfaisant, qui a voulu me procurer le plaisir de recevoir promptement une de vos lettres. Vous me faites une dissertation si galante sur les effets que peut produire un nom chéri, que je ne sais si je n'ai pas gagné en ne vous envoyant pas celui que vous desiriez. Cependant, comme je veux tenir ma parole, par préférence à tout, vous trouverez ici ce nom, ou il y aura bien du malheur. De plus, je vous permets d'en faire tel usage qu'il vous plaira. Vous voyez par là jusqu'à quel point l'éloquence séduit. Au reste, madame *de Lambert* n'étant point ici, vous comprenez bien que je vous écris moins que jamais. Comme la personne qu'elle vous a dépeinte n'est que dans son idée, elle a besoin, comme nos ames, d'être créée à tout moment ; et elle cesse d'être, sitôt que madame *de Lambert* cesse de la produire. C'est donc chez elle que vous devez chercher mon esprit, et c'est elle qui doit répondre aux lettres que vous m'écrirez. Quant à moi, je ne me suis engagée à vous fournir que des *Louise-Bénédicte de Bourbon*. En voici une bien conditionnée ; je la renouvellerai toutes les fois que vous le jugerez à propos.

~~~~~~~~~~~~~~~~~~~~~~~~~~~~~~~~~~~~~~~

LETTRE XVI.

M. DE LA MOTTE à Mme la Duchesse DU MAINE.

JE n'ai plus rien à dire, Madame ; mais, en récompense, j'ai beaucoup à sentir. La permission que m'a donnée votre Altesse Sérénissime m'a tellement péné-

E

tré de joie, que je crains d'en devenir
trop sérieux ; car, qui sait même si cela
n'iroit pas plus loin ? Franchement, Madame, je suis dans un grand danger ; et
tout concourt encore à le rendre plus
grand. Madame *de Lambert* revient de
Sceaux ; les Mardis recommencent, et
de mémoire de mardi, on n'en a point
passé de plus charmant que le dernier :
on n'y a parlé que de vous. Vous croyez
qu'il n'y a pas grand malheur à cela ;
pardonnez-moi, Madame, il y en a ; je
sais mieux mon affaire que vous. Madame *de Lambert*, soutenant toujours que
votre portrait n'est pas flatté, s'est avisée
d'y ajouter de nouveaux traits plus touchans que de raison. Passe encore pour
les graces et l'esprit, dont on ne sait que
trop de merveilles ; mais elle s'est mise
à vous vanter un cœur admirable, plus
tendre, plus complaisant, plus généreux

que tous les autres, fait pour les sentimens et pour l'amitié, et par-dessus tout,
aussi constant que sensible ; et, comme
si elle eût eu affaire à des incrédules, elle
nous l'a prouvé par des faits.

Il sembloit qu'elle le fît exprès, Madame, moins pour achever de vous peindre, que pour m'achever de peindre moi-
même. Pardonnez-moi ce jeu de mots,
Madame, il a un si grand sens ! mais,
quand il n'en auroit pas, il faut que je
m'égaye et que je badine à quelque prix
que ce soit, pour me sauver du sérieux
qui me menace. J'aime encore mieux
m'égayer en plaisanteries qu'en sentimens. Je ne sais, Madame, si ce remède
me suffira ; mais je vous avoue que je
tenterai tout pour ne me pas perdre. Je
vous ferai plutôt toutes les injustices du
monde, que de me laisser mener trop
loin. Je croirai plutôt l'impossible ; que

toutes vos lettres, par exemple, ne sont que des hasards d'esprit, qui ne prouvent point que vous en ayez toujours ; que toutes vos belles actions ne sont que des saillies d'humeur qui n'ont point de racines dans le fond de votre ame. Que sais-je ?.... ou se sauve comme on peut. Je croirai que l'amitié trompe madame *de Lambert*, et que je suis trompé, moi, par l'admiration : je ne suis pas bien sûr ici du mot propre.

Envoyez-moi, je vous supplie, une autre *Louise-Bénédicte de Bourbon ;* j'ai presque usé la première sur votre permission, et je n'en suis, Madame, qu'avec un plus profond respect,

de votre Altesse Sérénissime,

le très-humble et très-obéissant serviteur.

LETTRE XVII.

Mme la Duchesse DU MAINE *à M.* DE LA MOTTE.

JE n'avois été jusqu'à présent que dans un anéantissement volontaire ; mais il est devenu forcé depuis que j'ai reçu votre dernière lettre. Je suis un peu plus embarrassée que je n'étois ; je me suis engagée bien témérairement dans un commerce de lettres avec vous ; il va plus loin que je ne pensois ; et voilà comme on s'embarque insensiblement sans en prévoir les suites. Je me trouve plus que jamais dans l'impossibilité de vous écrire. Si je veux répondre à une lettre enjouée et spirituelle , je craindrai de ne pas réussir ; si je veux répondre à une lettre galante , je ne saurai comment m'y prendre, ou du moins je devrois faire comme si cela étoit ; si je loue votre lettre autant que je le voudrois, on dira que c'est par coquetterie ; si je ne la loue pas, on croira que je n'ai ni goût ni sentiment. Je ne sais de quel côté me tourner. Le néant même auquel j'avois eu recours m'est à charge depuis qu'il est devenu réel. Cette situation ne laisse pas que d'être fatigante à la longue, et je commence à être embarrassée de ma contenance en cet état. Vous voulez cependant toujours des *Louise-Bénédicte de Bourbon* ; j'ai failli à vous envoyer un blanc-signé ; mais mademoiselle *de Launay* a jugé, au style de votre lettre, que je risquerois trop. Que vous dirois-je donc sur ce que vous m'écrivez ? Allez trouver madame *de Lambert*, faites-lui voir la lettre que vous m'avez écrite, et demandez-lui ce qu'en doit penser la personne dont elle

vous a fait le portrait , et croyez qu'elle
en pense tout ce que madame *de Lambert*
vous dira. Au reste, je ne sais pas trop
comment appeler ce que je vous envoie ;
ce n'est point une lettre , c'est un pot-
pourri, un monstre qui n'a point de forme
déterminée : donnez-lui celle qui vous
sera agréable. Allez un peu bride en main
sur les *Louise-Bénédicte de Bourbon* ; je ne
puis suffire à vous en fournir la quantité
qu'il vous en faut ; en voici un couple qui
doit servir au moins à deux réponses.

LETTRE XVIII.

M. DE LA MOTTE à *Mme la Duchesse* DU MAINE.

VOTRE charmant embarras, Madame,
me devoit valoir quatre bonnes lettres de
votre Altesse Sérénissime. Quel gain j'au-

rois fait, si vous aviez essayé de toutes
les manières de me répondre ! Quand
vous auriez répondu à une lettre préten-
due enjouée et spirituelle, quelle leçon
vous m'auriez donnée de légèreté et d'a-
grément ! Tout ce que vous écrivez fait
tant d'impression sur moi, que je crois
que votre goût deviendroit bientôt le
mien. Quand vous auriez répondu à une
lettre galante, que j'aurois eu de plaisir
à croire que vous ne saviez comment
vous y prendre ! je me serois bien gardé
d'y soupçonner la moindre adresse. Si
vous aviez pris le parti de me louer, ç'auroit été pour moi à la postérité une re-
commandation plus efficace que la liste
de l'Académie française ; mais, malgré
tout cela, Madame, je vous aurois quittée
volontiers de ces trois lettres pour une
où, de dessein formé, vous ne m'auriez
point loué du tout. Je vous laisse, Ma-

dame , à débrouiller ce sentiment le
mieux que vous pourrez ; pour moi , je
n'ose y regarder de si près. Je me prends
naïvement tel que je me trouve, ou plutôt
tel qu'il vous plaît de me rendre par vos
malices. Cette charmante permission que
vous m'avez donnée, ces deux *Louise-
Bénédicte de Bourbon* , signées dans le
courant d'une lettre , circonstance pi-
quante et absolument de votre invention,
sans compter mille petits riens qui sont
d'un effet infini par la main dont ils
partent : en vérité, Madame, si je m'é-
gare, j'ai à qui m'en prendre ; ce ne sera
pas tout-à-fait ma faute , et vous l'aurez
bien voulu. Je n'ai rien à me reprocher,
Dieu merci ; je vous obéis exactement.
J'ai été, comme vous m'en chargiez, lire
à madame *de Lambert* la lettre que je
vous ai écrite ; je lui ai demandé ce qu'en
devoit penser la personne dont elle a fait

le portrait ; elle m'a répondu , sans hési-
ter , que cette personne en étoit très-
contente. Ne croyez pas , Madame , que
je m'en suis tenu au premier mot ; je l'ai
priée de penser sérieusement à ce qu'elle
disoit , parce que j'avois ordre de prendre
sa réponse pour vos vrais sentimens. Je
l'ai vue alors un peu embarrassée ; mais
enfin elle a prononcé distinctement qu'elle
n'osoit me dire tout ce que vous en pen-
siez. Vous voyez bien , Madame , qu'il y
a là de quoi mourir de joie, et qu'en cet
état une *Louise-Bénédicte de Bourbon* ne
doit me rien durer. Je vous supplie de ne
me pas épargner ce nom charmant ; et je
vous jure, Madame, qu'il n'y a jamais
eu de respect dans le monde qui ressemble
à celui avec lequel je suis ,

de votre Altesse Sérénissime ,

le très-humble et très-
obéissant serviteur.

LETTRE XIX.

Mme la Duchesse DU MAINE *à M.* DE
LA MOTTE.

J'AI lieu de croire que vous ne vous
souciez plus de *Louise Bénédicte de Bourbon.* Il est vrai que vous m'en demandez un par votre dernière lettre ; mais
il est vrai aussi que je vous en avois
envoyé deux à-la-fois, en vous avertis-
sant qu'ils serviroient pour deux réponses. Vous ne m'avez pas récrit depuis ; ainsi c'est vous qui êtes en reste
avec moi. Je voulois seulement vous
mander aujourd'hui que je ne vous enverrois pas ce nom que vous n'eussiez
rempli les conditions que j'avois exigées ;
et le voilà cependant sur ce papier, en
dépit que j'en aie : vous avez fait quelque

sort pour l'attirer. Quant à l'oracle prononcé par madame *de Lambert*, je ne
puis le contredire après ce que j'ai dé-
claré. D'ailleurs il ne m'engage à rien,
puisque je ne me suis jamais reconnue
au portrait qu'elle a fait. Si vous voulez
absolument que ce soit le mien, je vous
le laisserai croire. Il faudroit que je
fusse de bien mauvaise humeur pour
vous chercher querelle là-dessus. Après
tout, on n'est pas maître des pensées d'au-
trui, on n'est responsable que des siennes.
Il me suffit, pour n'avoir rien à me reprocher, que je ne ressemble point à
la personne dont il s'agit, et qu'ainsi
elle peut penser de vos lettres tout ce
que madame *de Lambert* vous a dit,
sans que vous en puissiez tirer la conséquence que je pense de même.

Au reste, on m'a avertie que vous
montriez à tout le monde ce que je crois

ne vous point écrire. J'étois tentée, pour vous punir, de vous envoyer une lettre que vous ne puissiez montrer, sans être en effet taxé d'une grande indiscrétion. Mais, tout bien considéré, j'ai cru qu'il étoit plus à propos de vous faire grace que de vous punir de cette façon ; outre que j'ai ici un directeur et un berger qui ne voudroient pas que je me servisse de ce moyen pour vous corriger. Tâchez cependant d'être plus circonspect à l'avenir, ou vous n'aurez plus de *Louise-Bénédicte de Bourbon*. Ne voilà-t-il pas encore que j'écris ce nom pour la seconde fois ; mais il me doit valoir trois lettres de vous, une que vous me deviez déjà de bon compte, et deux que que vous me devez à présent. Dépéchez-vous de me payer, où je ferai monter bien haut les arrérages.

A l'égard du respect dont vous me par-

lez, je suis assez contente qu'il ne ressemble pas à celui des autres. L'unifor-
mité est désagréable à la longue, et vous
faites bien de mettre de la variété dans
ce sentiment, qui est assez ennuyeux par
lui-même.

~~~~~~~~~~~~~~~~~~~~~~~~~~~~~~

LETTR XX.

M. DE LA MOTTE à Mme la Duchesse DU MAINE.

LES *Louise-Bénédicte de Bourbon* me
viennent deux à deux ; et avec cela,
Madame, je trouve à peine mon nécessaire : je comprends, pour la première
fois, l'avarice et l'ambition. On n'a jamais assez des choses où l'on met son cœur.
Je remercie donc Votre Altesse Sérénissime de ses profusions ; mais ce qui n'est
pas trop bien, entre nous, c'est d'y met-

tre des conditions si précises et si abso-
lues. Vous abusez du prix de la chose,
sans égard au peu qu'elle vous coûte :
vous écrivez trois mots, trois mots que
j'adore, à la vérité ; mais enfin ce ne
sont que trois mots, et vous exigez autant de lettres qu'il vous plaît de me
faire cette grace, comme si ce m'étoit
une chose bien aisée que de vous écrire.
Croyez-vous donc, Madame, que dans
ce commerce singulier, où je ne sais
quel lutin m'a engagé, la partie soit
bien égale entre nous? Vous m'écrivez
en vous jouant ; vous m'en dites tant et
si peu qu'il vous plaît ; je vois les Graces
autour de vous qui se relayent à dicter
vos lettres, ou plutôt je vois que vous
ne leur laissez rien à faire que de sourire à leur badinage : en vérité cela est
bien commode. Pour moi, Madame,
c'est tout le contraire : je ne vous dis

pas le quart de ce que je voudrois, ni comme je le voudrois.

Un mot s'offre, et c'est le bon; il faut pourtant, en dépit de la vérité, que j'en cherche un autre. Le sentiment est là qui voudroit que je le rendisse tout pur : il faut pourtant, malgré qu'il en ait, que je lui donne un air de pensée; il faut, en un mot, que je me contente un peu, et que je ne vous déplaise pas le moins du monde, deux intérêts qui me sont également chers. Je vous demande pardon de l'égalité, Madame; mais on ne sauroit aller contre la nature. Vous voyez bien que tout cela est difficile à concilier, et que je ne suis pas trop à mon aise; je ne m'en plains pourtant pas, Madame : pour vous parler ingé-nuement, j'ai autant de plaisir à ce que je supprime qu'à ce que je vous dis; et ce que vous ne découvrirez jamais, si

vous n'avez bien de la pénétration ,
m'est encore plus précieux que ce que je
vous laisse voir. Ayez donc pitié de mon
embarras , Madame , envoyez-moi des
Louise Bénédicte de Bourbon , sans me
presser trop sur les conditions ; je ne
laisserai pas de m'avouer redevable , et
d'arrêter exactement mon compte : je
vous demande seulement un peu de crédit, et je crois qu'à force de me prêter ,
vous me mettrez en état de vous bien
payer. Je suis, Madame, avec ce respect que vous me permettez , et qui devient tous les jours plus extraordinaire ,

    de votre Altesse Sérénissime ,

        le très-humble et très-obéissant

serviteur.

~~~~~~~~~~~~~~~~~~~~~~~~~~~~~~~~~

LETTRE XXI.

M. DE LA MOTTE à *Mme la Duchesse* DU MAINE.

DAIGNEZ juger, Madame, de notre contestation. Madame *de Lambert* m'a soutenu opiniâtrement que je devois trois lettres à votre Altesse Sérénissime, et qu'il vous les falloit absolument, sans quoi je ne recevrois plus ce nom qui m'intéresse tant : j'ai voulu parier que je ne vous en écrirois qu'une., et que j'aurois pourtant réponse : on m'a trouvé bien hardi ; mais n'est-il pas vrai, Madame, que j'aurois gagné, et que j'avois raison de ne pas vous croire si inflexible ? Cependant, Madame, tout convaincu que je suis de votre indulgence, je ne laisserai pas d'entrer en paiement ; et comme je

n'ai pas répondu a un article important
de votre lettre , ce sera de quoi m'acquitter d'autant. On vous a dit , Madame ,
que je montrois vos lettres à tout le monde.
A tout le monde ! vous ne m'en soupçon-
nez pas. A un petit nombre de gens choi-
sis ! Je vous avoue qu'il en est quelque
chose , et vous conviendrez , je crois ,
vous-même , que je n'ai pas pu faire autrement. On est étonné en compagnie du
changement de mon humeur ; on me reproche des distractions fréquentes ; je
réponds de travers à ce qu'on me dit. Les
uns me croyent malade , les autres crai-
gnent pour ma tête : là-dessus, ne pou-
vant faire mieux , je montre une de vos
lettres , et me voilà justifié. Autre avantage pour moi, Madame , on se récrie à
chaque trait , on me remercie de tout ce
qu'on lit ; la bonne humeur revient ; je
suis enchanté , et il n'y a plus moyen de

me tenir. Après cela, Madame, si vous
n'êtes pas contente de mes raisons, et
qu'il vous plaise de me croire encore en
faute, punissez : n'êtes-vous pas la maîtresse ? Mais punissez comme vous êtes
tentée de le faire. Ecrivez - moi, c'é-
toit votre projet, quelque bonne lettre
que je ne puisse montrer sans indiscrétion ; mais je vous avertis d'avance que je
ne serai pas discret légèrement, et que je
ne prétends le faire qu'à bonnes enseignes.
Plût à Dieu que la pensée vous revînt de
m⁰ corriger à ce prix là, et que vous
voulussiez bien la mettre en œuvre. Eh !
Madame, que faites-vous donc d'un directeur, si vous résistez à vos tentations ?
prétendez-vous toujours l'entretenir de
riens, et ne mérite-t-il pas bien de temps
en temps quelque consultation passable?
Pour moi, Madame, j'ai beaucoup à
consulter avec le mien, et nous avons de

grandes disputes ensemble sur ce profond

respect avec lequel je suis , Madame ,

de votre Altesse Sérénissime ,

le très-humble et très-obéissant

serviteur.

LETTRE XXII.

Mme la Duchesse DU MAINE *à M.* DE LA MOTTE.

Vous payez en trop bonne monnoie pour me disposer à vous faire crédit ; et la manière dont vous me demandez quartier me rend plus inflexible que jamais. Je suis devenue encore plus intraitable depuis vos dernières lettres ; cependant je ne puis m'empêcher de vous avouer que vous auriez eu une *Louise Bénédicte de Bourbon*, quand même je n'aurois pas reçu la seconde. Quelque amitié que j'aie pour madame *de Lambert* , la vérité m'oblige de convenir qu'elle auroit perdu le pari ; mais malgré cela , je ne vous aurois pas remis la dette. Vous comprenez bien que je la remets moins que jamais à présent. Il me revient une lettre de l'ancien compte , et vous m'en devrez au moins une de plus quand vous aurez reçu celle-ci. Songez-donc à vous acquitter au plutôt. Vous n'êtes pas si peiné de ce commerce singulier que vous voulez le faire croire ; vous avez du plaisir aux choses que vous me dites, et vous en avez encore davantage à celles que vous ne dites pas : je vous prends par vos paroles. Puis-je vous plaindre en cette situation ? Je vous en fais juge. Mais s'il étoit vrai que le choix des mots vous causât quelqu'embarras , je vais vous donner un moyen de vous en tirer : écrivez-moi en vers. Vous savez que la

poésie a de grands priviléges , et que de
cette façon on dit tout ce qu'on veut :
vous y aurez recours dans ces temps où
l'on ne peut vous tenir ; et les jours que
vous serez plus modéré , vous m'enverrez de la prose ; car je ne veux pas
y renoncer. Vous trouverez peut-être que
je vous taille bien de la besogne , au lieu
de vous procurer des facilités. Mais
quand cela seroit, aurois-je tort ? Et ce
respect si extraordinaire que je permets,
ne me met-il pas en droit d'exiger quelque
chose de plus à mesure qu'il se perfectionne ? Quant aux reproches que vous
me faites de ne vous envoyer que trois
mots qui ne me coûtent guère , et que
je fais payer par autant de lettres qu'il
me plaît de les répéter , comptez-vous
pour rien les querelles des bergers et du
directeur , qui prétendent que ces trois
mots sont très-significatifs ? Tout bien

considéré, je mets au jeu autant que vous, et les *Louise-Bénédicte de Bourbon* ne sont pas payées trop cher. En voici une seconde : vous savez que, suivant notre marché, elle doit me valoir une lettre de plus.

LETTRE XXIII.

M. DE LA MOTTE à Mme la Duchesse DU MAINE.

NON, Madame, vous n'aurez point de vers, c'est une chose résolue; et je crois que votre Altesse Sérénissime entrera elle-même dans mes raisons. Les vers sont le langage de la fiction ; si naturellement qu'on s'y exprime, il reste toujours contre eux un soupçon de recherche ou de badinage, qui ne m'accommoderoit point du tout auprès de vous. Je veux vous paroître aussi naturel que je le suis, et je ne veux pas qu'on puisse répondre aux endroits où le cœur parleroit le mieux : *ce ne sont là que des vers.* Quand vous trouveriez les miens jolis, ce qui est d'ailleurs assez incertain, ce ne seroit pas encore mon compte. Il y a trois mois qu'un pareil suffrage m'auroit fort contenté. A présent, j'ai toute une autre ambition; je veux être jugé vrai; je veux que vous le sentiez, que vous le voyiez, et ne vous laisser aucun prétexte d'ignorance. Désabusez-vous sur la poésie, Madame : vous pensez qu'on peut dire en vers tout ce qu'on veut, et moi je vous soutiens qu'on n'y est le maître, ni de ce qu'on veut dire, ni de ce qu'on veut ne pas dire. La rime et la mesure nous offrent souvent l'un pour l'autre : tout ce que les plus habiles y peuvent faire, c'est d'entrer en compo.

sition avec elles ; mais il y a toujours
à perdre ; et je ne suis pas d'humeur,
pour leur intérêt, à rien rabattre de ce
que je sens. Voulez-vous encore une
autre raison, Madame ? la voici, et je
la crois la meilleure de toutes. Je veux
penser à vous, et ne penser qu'à vous
en vous écrivant. Si je vous écrivois en
vers, il faudroit penser à l'ouvrage ; c'est
toujours une distraction ; un sentiment
vif et délicat s'en effraye, ou pour mieux
dire, il n'en est pas capable. Changez
donc, s'il vous plaît, votre proposition :
dites, Madame, que dans ces jours où
l'on ne peut pas me tenir, je dois vous
écrire en prose, et que dans les jours
modérés je pourrois employer les vers :
mais sur ce pied là, Madame, vous
n'en aurez guère. Ces jours modérés sont
déjà bien loin, et je sens qu'ils s'éloignent
toujours davantage à mesure que vous

m'écrivez. Peut - être trouvez - vous ici
bien des sentimens ; mais prenez - y
garde, Madame, il n'y en a pas un qui
sorte de ce profond respect que vous m'a-
vez permis, et qui se perfectionne tous
les jours. Avancez-moi toujours vos lettres
sans vous embarrasser de ce que je dois;
il vous sied bien d'être libérale par ma-
gnificence de princesse, ou, si vous l'aimez mieux, par désintéressement de
bergère.

De votre Altesse Sérénissime,

le très - humble et très-
obéissant serviteur.

LETTRE XXIV.

Mme *la Duchesse* DU MAINE *à M.* DE LA MOTTE.

Vous assurez que je n'aurai point de vers de votre façon , et moi je soutiens que j'en aurai : nous verrons qui aura raison de nous deux. Vos excuses sont pleines d'esprit , mais elles ne me convainquent pas. Quand j'approuverois vos vers , dites-vous , ce ne seroit pas tout-à-fait votre compte. Mais savez-vous si je ne ferois que les approuver, et s'ils ne produiroient pas encore plus d'effet que votre prose? Vous prétendez que l'expression est trop gênée par la mesure et par la rime : ne diroit-on pas que vous n'avez jamais bien exprimé des senti-

mens de cette façon ? Vos ouvrages vous
donnent le démenti. Vous ajoutez que
vous ne voulez pas qu'on puisse dire : *Ce
ne sont là que des vers, et peut-être le
cœur n'y a-t-il point de part.* Mais vous
n'ignorez pas que lorsqu'on voit dans vos
pièces les sentimens d'honneur et de générosité si bien exprimés, tout le monde
s'écrie que, pour les rendre aussi parfaitement, il faut les sentir. Si vous dites
qu'un certain respect est plus difficile à
exprimer que le reste, je vous opposerai
encore vos propres œuvres, et j'appelle-
rai en témoignage contre vous les héros
de vos tragédies. Mais venons à votre
dernière raison, que vous croyez triom-
phante. Vous dites que lorsque vous m'é-
crivez, vous voulez ne penser qu'à moi,
et que si vous faisiez des vers, il faudroit penser à l'ouvrage. Je réponds à
cela : Ne pensez qu'à moi, mais pen-

sez-y vivement, et les vers viendront
d'eux-mêmes, du moins, si votre respect est tel que vous le dites. J'en doute
encore, et je veux vous mettre à l'é-
preuve ; et pour commencer, je ne vous
enverrez point aujourd'hui de *Louise-
Bénédicte ;* vous n'en aurez plus que vous
ne m'ayez envoyé des vers.

LETTRE XXV.

M. DE LA MOTTE à *Mme la Duchesse* DU MAINE.

Vous avez beau dire, Madame : vous
ne doutez pas le moins du monde de ce
respect si vif et si singulier que j'ai pour
votre Altesse Sérénissime. Eh ! comment pourriez-vous, si vous en doutiez,
me soutenir que vous aurez de mes vers,

quand j'ai osé vous déclarer si résolu-
ment que vous n'en auriez pas? Vous
êtes bien sûre, au ton dont vous le prenez, de m'avoir mis au point de tenter
l'impossible pour vous satisfaire. Mais
autre chose est de le tenter, Madame,
et autre chose d'y réussir. J'ai cru d'a-
bord que vous auriez eu contentement ;
et sur le début de votre lettre, j'aurois
parié pour vous contre moi ; je me recommandois même à Apollon en conti-
nuant de la lire : mais sur la fin, vous
avez tout gâté en croyant faire merveille. Plus de *Louise-Bénédicte*, me dites-
vous, si je n'ai de vos vers : par-là vous
m'avez ôté tout d'un coup le pouvoir
de vous obéir. Un sentiment douloureux
s'est emparé de mon ame, et n'y a laissé
place pour aucune autre attention. Cependant, Madame, dans l'ardeur de
vous plaire, et sur votre parole que

les vers viendroient d'eux-mêmes, j'ai
tâché de rimer mon sentiment le mieux
que je pouvois. Voici mon essai :

> Plus de Louises-Bénédictes!
> Eh! que vais-je donc devenir?
> Par quels secours puis-je les obtenir?...

Vous voyez bien, Madame, que j'ai
été arrêté là tout court, et qu'il n'y
avoit plus moyen de sortir d'affaire que
par le secours des pictes. Peut-être m'é-
chappe-t il quelqu'autre ressource : mais
enfin ce n'auroit été qu'un bout rimé de
Mercure Galant qui auroit dégradé votre
nom, et qui m'auroit déshonoré, moi; ce
qui ne m'intéresse presque pas en comparaison de l'autre accident. Vous me
direz qu'il falloit changer de tour : mais
pensez-y, Madame, comment changer
de tour sans mettre hors de sa place na-
turelle ce premier sentiment qui m'ob-
sède toujours; plus de *Louises-Bénédictes?*

Ce n'auroit plus été ma façon de sentir, et vous n'auriez eu qu'un faux portrait de ma situation. Croyez-m'en donc, Madame ; j'apprends aujourd'hui, par expérience, ce que je savois déjà par spéculation : un sentiment superficiel fait les poètes, un sentiment profond les détruit. En vérité, Madame, cela est démontré; et vous en seriez déjà convenue, si vous n'étiez princesse. C'est la fierté du rang qui vous prend à la gorge; vous voulez être obéie : franchement ce rang gâte tout, et je vous avoue que je suis bien de mauvaise humeur contre lui: je souhaiterois presque que vous n'en eussiez point; et je m'abandonne d'autant plus volontiers à cette idée, que vous êtes la personne du monde qui s'en seroit le mieux passée. Il n'y auroit de moins dans mes lettres que l'Altesse Sérénissime, et je n'en serois qu'avec un plus profond respect, s'il étoit possible,

de votre Altesse Sérénissime,

le très-humble et très-obéissant serviteur.

Permettez-moi une apostille, Madame. M. *de Fontenelle* m'a fait apercevoir qu'il m'étoit échappé une rime à *Béné-dicte*, et même assez traitable. Vraiment il m'en échapperoit bien d'autres; et c'est une nouvelle preuve de mon sentiment.

LETTRE XXVI.

Mme *la Duchesse* DU MAINE *à M.* DE LA MOTTE.

CONSULTE ton respect, écris ce qu'il te dicte,
   Tu rimeras à Bénédicte.

Vous voyez bien que cette rime n'est pas si ingrate que vous le disiez ; vous lui avez cherché querelle mal à propos, et vous vous seriez tiré d'affaire sans avoir recours aux pictes. A l'égard de la raison, elle n'a que faire de venir se fourrer à tout ceci, qui n'est pas de son ressort. Je ne doute point de votre respect, dites-vous : belle merveille que vous ayez deviné cela ! Si j'en eusse douté, auriez-vous mérité que je voulusse vous mettre à l'épreuve ? Pour vous parler sincèrement, je vous dirai que j'en doute

si peu , que je parie encore contre vous
que j'aurai des vers, et que je vous déclare que je veux absolument en avoir.
Vous vous êtes recommandé à Apollon,
et les vers ne sont pas venus. Mais vous
avois-je dit de vous recommander à
Apollon ? Il falloit s'adresser à un autre.
Je ne sais pas à qui ; mais je sais bien
que ce n'étoit pas à Apollon. Faites tout
comme vous l'entendrez , mais enfin il
me faut des vers. N'êtes-vous pas bien à
votre aise de n'avoir plus de..... ? Je ne
suis pas trop à mon aise, moi, de ne vous
en pas envoyer. Je ne sais si c'est par
habitude ; mais enfin ces mots sont toujours au bout de ma plume; j'ai toutes
les peines du monde à la retenir. C'est
à titre de princesse que je suis , dites-
vous, si absolue : point du tout. A quel
titre donc? Je n'en sais rien. Envoyez-
moi des vers.

LETTRE XXVII.

M. DE LA MOTTE *à Mme la Duchesse* DU MAINE.

Vous faites bien valoir , Madame, deux assez bons vers que vous avez faits, et vous croyez par là avoir anéanti toutes mes raisons ; mais ai-je prétendu , Madame, qu'on ne pouvoit rimer à *Sceaux* ? Eh ! bon Dieu , qui pourroit vous empêcher là de faire des vers ? vous y passez le temps de plaisirs en plaisirs ; rien ne vous occupe assez fortement ; tout au plus quelque petit sentiment pastoral qui ne fait que vous égayer. Vous êtes dans une sérénité parfaite ; et le nom de Sérénissime , dérobé aux philosophes , a été inventé sans doute pour quelque prin-

cesse qui vous ressembloit fort. Voilà
tout ce qu'il faut pour faire des vers.
Vous pouvez vous divertir quand il vous
plaira à en faire d'excellens; je vous le
conseille même, cet amusement en vaut
bien un autre ; mais vous savez, Madame, vous qui ne doutez pas de la vivacité de mon respect, que je n'ai pas les
mêmes facilités. Mes sentimens me sont
précieux ; je ne puis me résoudre à les
altérer, ni à les déranger le moins du
monde, et jaloux comme ils sont de leur
liberté, ne vous attendez pas qu'ils de-
viennent les esclaves de la rime et de la
mesure. Malgré tout cela, vous insistez,
et vous voulez parier contre moi que vous
aurez des vers : mais y songez-vous,
Madame ? que pouvez-vous parier qui
m'intéresse autant que mes sentimens ?
Je vous déclare qu'à moins de mettre au
jeu un peu des vôtres, vous n'êtes pas au

pouvoir de me tenter. Je pourrois vous armer contre moi , si je le voulois. Je n'aurois qu'à vous dire que madame *de Lambert* est d'avis que je vous obéisse. Eh bien ! me diriez-vous aussitôt , voilà une personne sage , judicieuse et hors d'intérêt : n'êtes-vous pas inexcusable de ne vous pas rendre à son sentiment ? Il est vrai : madame *de Lambert* est tout ce que vous dites-là , et par conséquent , vous n'aurez pas de vers ; car c'est elle qui me défend de vous en envoyer, et qui juge qu'il y auroit à perdre pour vous-même. Je vois que vous ne vous rendez pas encore. Vous en revenez à la grande menace , plus de......... me dites-vous, si je n'ai satisfaction : mais le croiriez-vous , Madame ? cette menace même ne m'épouvante plus. Il vous est échappé de dire que vous n'étiez pas à votre aise en supprimant ce nom que je desire ; que

vous l'aviez toujours au bout de la plume,
et que vous ne la reteniez pas sans peine.
C'en est assez, Madame, je suis content.
Ce nom supprimé avec peine m'est aussi
bon que si vous l'écriviez : peut-être
même qu'à y regarder de près, il mériteroit la préférence. Je fais du blanc le
même usage que je faisois de l'écriture.
Je crois, Dieu me pardonne, que quand
pour me punir vous ne m'écririez point
du tout , j'y trouverois encore mon
compte. Quel plaisir de vous croire pi-
quée , puisque vous m'assurez que vous
ne le seriez pas comme princesse. Vous
feriez donc mieux , Madame , de céder
de bonne grace à la nécessité ; car il
m'est absolument impossible de vous
écrire en vers , que mon respect ne soit
diminué de moitié : pourriez-vous en
vouloir encore à ce prix là? Si vous étiez
capable de lâcher le mot , votre Altesse

Sérénissime mériteroit bien d'en avoir. Je me creuserois la cervelle pour en envoyer au plutôt à votre Altesse Sérénissime. Je mettrois de l'Altesse Sérénissime jusque dans les vers , et il ne tiendroit pas à moi que je ne fusse précisément avec un très-profond respect et des plus irréprochables ,

de votre Altesse Sérénissime ,

le plus humble et le plus obéissant serviteur.

~~~~~~~~~~~~~~~~~~~~~~~~~~~~~~~~~~~

LETTRE XXVIII.

Mme la Duchesse DU MAINE *à M.* DE LA MOTTE.

Oui , vous avez raison ; je me rends et je ne vous demande plus de vers. Je vois que quand Apollon vous manque ,

11

vous n'avez plus de ressource. Que J'avois grand tort de vous proposer de vous adresser à quelqu'autre ! je ne vous ferai plus de menaces, puisque vous avez l'esprit assez bien fait pour prendre le tout en bonne part, jusqu'à la suppression de mes lettres. D'ailleurs l'altesse sérénissime vous coûte si peu, et vous êtes tellement le maître de la forme de votre respect, que je ne trouve plus rien à dire ; ainsi je finis tout court.

LETTRE XXIX.

M. DE LA MOTTE à Mme la Duchesse DU MAINE.

Vous voulez donc des vers ! Je voulois en écrire ;
Et pour exécuter un ordre si pressant,
Je me recommandois à ce dieu tout-puissant
    Que vous n'avez pas voulu dire.

Quoi! me dit-il avec un fier sourire,
Me prends-tu pour un ouvrier,
Un arrangeur de mots que l'on tâte et retâte ?
Je blesse , et bien souvent sans m'en faire prier:
Voilà des sentimens pour te désennuyer ;
Qu'Apollon les rime et les gâte,
Nous aurons fait tous deux notre métier.

Ne croyez pas , Madame , que le dieu ait parlé en vers ; il se croiroit déshonoré ; mais il s'est éloigné un moment de moi, et j'ai saisi ce moment pour faire le métier d'Apollon.

Remarquez encore , Madame , que tout ceci est écrit avant que j'aie parlé à madame *de Lambert*. Mon obéissance ne doit rien à personne. Jugez par là du profond respect avec lequel je suis , Madame,

de votre Altesse Sérénissime ,

le très-humble et très-obéissant serviteur.

~~~~~~~~~~~~~~~~~~~~~~~~~~~~~~

LETTRE XXX.

Mme *la Duchesse* DU MAINE *à M.* DE LA MOTTE.

JE vous le disois bien: Apollon, pour rimer,
　　Dans ce cas-ci n'étoit pas nécessaire ;
Celui que vous et moi n'avons osé nommer,
Donne à ce qu'il produit l'heureux talent de plaire :
Tout ce qu'il fait sentir , il le fait exprimer ;
Il est des vers touchans le véritable maître.
Les vôtres sont charmans, et galamment tournés,
　　Nous les voyons par les Graces ornés ;
　　　　Il est aisé de reconnoître
　　　　De quelle main vous les tenez.

Voilà mon sentiment sur les vers que vous m'avez envoyés. Je ne sais par quel hasard il se trouve rimé. La pensée est de moi , les vers n'en sont pas ; j'ignore à qui je dois ce secours : il me paroît qu'il y a du mystère , et je ne veux pas

l'approfondir. Vous voyez bien que ma
colère est un peu appaisée : faites-là finir
entièrement, car elle me met fort mal à
mon aise. Il ne manque à vos vers que
d'avoir été donnés de bonne grace ; et,
quoi que vous me disiez , je soupçonne
que madame *de Lambert* a quelque part
à votre obéissance. Cependant, je suis
assez contente de n'avoir pas trouvé dans
votre dernière lettre cette profusion d'al-
tesses sérénissimes , ni la menace d'un
respect irréprochable. Vous méritez bien
aujourd'hui une *Louise-Bénédicte de Bourbon :* la voilà ; nous verrons ce que vous
mériterez par la suite.

~~~~~~~~~~~~~~~~~~~~~~~~~~~~~~~~~~~

LETTRE XXXI.

M. DE LA MOTTE *à M*ᵐᵉ *la Duchesse*
DU MAINE.

En vérité, Madame, votre badinage est
trop dangereux ; vous jouez si bien tous
les sentimens, que vous en inspirez de
trop sérieux, malgré qu'on en ait : je n'ai
pu soutenir l'apparence de votre colère,
en ne la jugeant même qu'une apparence;
et vous m'avez affligé à un point que je
vous en aurois fait pitié : je n'ai pas laissé
d'en user avec votre lettre comme à l'ordinaire, et je ne vous dirai pas pourquoi.
Cependant je suis très-sûr que tout ce que
vous me dites n'est que badinage, que
votre imagination s'égaye à mes risques;
et rien ne manque là-dessus à ma persua-

sion : de grace ne me le dites jamais vous-
même, et ne m'allez pas faire l'injure de
me croire homme à prendre la nue pour
la déesse. Ce n'est pas, Madame, que je
pense n'avoir rien acquis auprès de vous ;
vous n'auriez pas joué en princesse avec
moi, si vous n'aviez bien voulu que j'y
gagnasse quelque chose : mais enfin, par
la faveur que vous m'avez faite, vous
avez contracté une dette qui est toute ma
fortune. Vous me devez une bienveillance à part ; je ne vous quitte pas à
moins ; et puisque vous me la devez, j'y
compte si bien, que je la déclare à toute
votre cour. Il est bon de l'avertir des
ménagemens qu'elle me doit ; dès que
vous êtes l'héroïne de mon aventure, je
deviens quelque chose, et je ne trouverois
pas bon qu'on me perdît le respect. Si
quelqu'un fait notre histoire, qu'il ne
m'impute pas la sottise d'avoir cru ma

plume un trait de l'amour, et d'en avoir présumé le moindre effet ; qu'il ne me fasse pas offrir pour ma rançon, ce respect singulier qui est ma chaîne même : en un mot, Madame, pardonnez ma fierté ; on me doit des égards, et pour les sentimens que j'ai, et pour la bonté qui les a soufferts. Rendez-moi au plutôt, Madame, les marques de cette bonté ; que les *Louise-Bénédicte de Bourbon* reviennent avec leurs graces ordinaires, et soyez bien assurée que je demeure constamment avec ce respect indépendant de toute dignité,

votre très-humble et très-
obéissant serviteur.

~~~~~~

LETTRE XXXII.

Mme *la Duchesse* DU MAINE *à M.* DE LA MOTTE.

PUISQUE vous êtes si affligé, il faut donc vous consoler, c'est pour cela que je vous écris aujoud'hui. Je crois cependant que ma lettre d'hier aura bien avancé votre guérison, si elle n'est pas entièrement achevée. Vous avez très-bien fait d'être affligé, mais vous ferez très-bien aussi de ne l'être plus à présent. Quant à notre histoire, elle est très-jolie et ne doit pas vous déplaire ; si elle dit que vous avez cru que votre plume étoit un trait, elle dit en même temps qu'il a porté sur l'esprit : n'est-ce pas beaucoup ? y a-t-il si loin ?..... Mais vous voulez une *Louise*.

I

Bénédicte de Bourbon ; je vous l'envoie
en vérité de très-bon cœur.

~~~~~~~~~~~~~~~~~~~~~~~~~~~~~~~~

LETTRE XXXIII.

M. DE LA MOTTE à *Mme la Duchesse* DU MAINE.

MA réponse étoit rendue, Madame,
avant que je reçusse votre charmante
lettre. Votre courrier, en me l'annonçant,
a été le témoin de la joie la plus vive; et s'il
vous l'avoit bien représentée, je n'aurois
plus rien à vous dire : vous auriez déjà
jugé du plaisir que m'a fait l'assurance de
ma grace, par celui que je sentois à l'espérer seulement : il est vrai, Madame,
que je l'ai méritée assez pour y pouvoir
compter. Je vous ai envoyé des vers par
pur besoin de vous obéir : madame de

Lambert n'y a eu aucune part ; et là-dessus, Madame, souffrez que je vous gronde
d'avoir eu de la peine à m'en croire : certain respect ne ment jamais. Que je suis
heureux, Madame ! ces pauvres vers qui
n'étoient que de ma façon, comme je
vous l'ai dit, m'en ont valu des plus charmans. Vous ne réclamez des vôtres que la
pensée, et vous ne savez, dites-vous, de
qui peuvent venir les rimes : il ne paroît
pas qu'elles y aient rien gâté ; mais quand
on travaille d'après vos pensées, on peut,
sans les rendre parfaitement, faire encore
des merveilles ; et ce qu'on en conserve
est d'un si grand prix, qu'il ne laisse rien
à desirer, qu'à vous qui savez le reste.
Malgré tout cela, Madame, j'ai une
plainte à faire : si heureux qu'on puisse
être, on n'a pas toutes ses aises dans ce
monde. Vos lettres sont trop courtes.
Vous avez joué à merveille tous les scu-

timens ; il n'y a que leur babil que vous n'avez pas attrapé. Mon Dieu ! qu'est-ce qu'une lettre courte ? c'est un rendez-vous manqué : la personne qu'on attend arrive ; mais elle disparoît dans le moment, et à peine a-t-elle le temps de vous dire que ce sera pour une autre fois. Vous me direz qu'il y a remède à tout, que je n'ai qu'à recommencer vos lettres pour les étendre : vraiment, Madame, je n'y manque pas : mais je ne les recommencerois pas moins quand elles seroient plus longues, et c'est cette abondance précieuse que je regrette. Voulez-vous faire une belle action, Madame? Vous ne revenez que samedi de Sceaux ; vous y passez encore demain : ne passez pas ce demain sans quelque bienfait : encore une *Louise-Bénédicte de Bourbon*. Donnez, donnez, Madame, c'est un plaisir de princesse ; le mien est de recevoir de vous, avec ce respect qui ne ressemble pas plus aux autres par sa constance que par sa vivacité. Je suis, Madame,

de votre Altesse Sérénissime,

le très-humble et très-obéissant serviteur.

~~~~~~~~~~~~~~~~~~~~~~~~

LETTRE XXXIV.

Mme la Duchesse DU MAINE *à M.* DE LA MOTTE.

ENFIN je viens de recevoir une de vos lettres ; il y avoit long-temps qu'elle m'étoit annoncée. Je croyois que mes bergers faisoient quelque sort pour l'empêcher de venir jusqu'à moi. J'avois tort de le croire, car il me semble que je ne dois pas les soupçonner d'être sorciers. Ce qu'il y a de vrai, c'est que cette lettre

a beaucoup tardé ; du moins je le veux
croire ainsi , et je me garderai bien de
penser que le temps m'a paru plus long
qu'il n'étoit en effet. Pour éviter que je
ne me puisse faire ce reproche là à l'avenir , écrivez-moi plus souvent , afin qu'il
n'y ait pas tant d'intervalle entre chacune
de vos lettres. Mais venons un peu à
compte sur cet article. Je viens de recevoir la réponse à la lettre que je vous ai
écrite en vous envoyant des vers ; il m'en
revient une à celle qu'on vous porta mardi
chez madame *de Lambert ;* il faudra que
vous répondiez encore à celle-ci , et que
vous m'envoyiez ces deux lettres vendredi , car je pars samedi, et je vous avertis
que je ne vous fais point de crédit. Pour
vous encourager , je vous envoie une
Louise-Bénédicte de Bourbon. Vous avez
tort de vous plaindre de la briéveté de mes
lettres. Il m'échappe quelquefois de cer-

tains traits après lesquels il faut finir
tout court, et qui valent mieux que le babil. Avez-vous bien le courage de vanter
la constance de votre respect, qui est encore si nouveau ? Venez samedi chez moi
avec madame *de Lambert,* je tâcherai
que ma conversation vous fasse autant de
plaisir que mes lettres.

***

Madame la duchesse du Maine étant revenue à Paris, M. de La Motte fut assidu à lui
faire sa cour, et la petite correspondance
cessa d'avoir lieu ; ainsi les lettres qui suivent
n'ont aucun rapport avec celles qui précè-
dent.

∿∿∿∿∿∿∿∿∿∿∿∿∿∿∿∿∿∿∿∿∿∿∿∿∿∿∿

LETTRE XXXV.

Mme la Duchesse DU MAINE *à M. le Duc* DE VENDÔME, *sur sa victoire de Villa-Viciosa.*

S'IL m'étoit aussi facile de faire une belle lettre qu'il vous est aisé de rétablir les rois, que d'heureuses pensées je vous enverrois sur la grande nouvelle que nous apprenons de Villa-Viciosa! mais il s'en faut que j'aie une facilité si rare, et il vous est plus aisé de gagner une bataille qu'à moi d'écrire un trait d'esprit. Je me souviens d'ailleurs fort à propos du proverbe : *à grand seigneur peu de paroles.* Les plus grands de tous les seigneurs, selon moi, sont les vrais héros : ainsi, je dois vous dire, plus laconiquement qu'à personne, que vous êtes l'homme de l'univers le plus comblé de gloire, le plus aimable, le plus aimé de tous les honnêtes gens et de votre famille; que de tous ceux qui la composent, je suis celle qui vous aime le plus, et qu'en vous préférant à tout, je ne crois faire que mon devoir.

LETTRE XXXVI.

Mme la Duchesse DU MAINE *à* Mme DE MAINTENON.

Sceaux, ce 11 février 1711.

Vous aimez, M. le duc *du Maine*, Madame, vous avez pour lui des entrailles de mère (1), et vous pardonnerez plus aisément qu'une autre aux inquiétude d'une femme qui tremble pour lui.

---

(1) Madame de Maintenon avoit été chargée de l'éducation de ce prince.

Je sais qu'il y a de l'indiscrétion à s'adresser à vous au milieu de la vive douleur qui vous occupe ; mais vos bontés, que nous avonstant de fois éprouvées, me font tout hasarder dans la cruelle situation où je me trouve : je ne puis voir, sans frémir, M. le duc *du Maine* respirer un air dont tant de funestes aventures nous marquent la corruption. Il n'a point eu de ces sortes de maladies ; et il en est plus susceptible qu'un autre, par la délicatesse de sa complexion et par les impressions que lui a faites son terrible accident. Avec tout cela, je sais, Madame, qu'il perdroit mille vies plutôt que de songer un moment à s'éloigner du roi : et quoiqu'il ne lui soit pas possible, en restant à Versailles, de ne pas commercer tous les jours avec des gens qui sont dans l'air, il passera certainement par-dessus toutes ces considérations, si votre tendresse véritablement maternelle ne fait violence à ses sentimens. Que ses trois enfans, que sa femme, vous aient encore, Madame, cette importante obligation ! Délivrez-nous tous, par vos bontés, d'une si cruelle inquiétude, et d'un péril qui peut-être ne nous laisseroit pas jouir long-temps de toutes les graces que vous nous avez procurées.

Je me flatte, Madame, que vous m'accorderez encore celle-ci, que je vous demande les larmes aux yeux, et dont je garderai le souvenir jusqu'au dernier moment de ma vie.

~~~~~~

LETTRE XXXVII.

La méme à la méme.

Versailles, 15 avril 1711.

Ah! Madame, quel coup! et quel coup pour le roi (1)! Ne me sera-t-il point permis d'aller à Marly pour méler ma douleur avec la sienne, et pour satisfaire à l'inquiétude que j'ai sur sa santé? J'attends ici vos ordres avec impatience, et je vous supplie, Madame, si l'on ne me permet point de me présenter, d'assurer que je ressens et que je pense tout ce que je dois.

----

(1) Monseigneur (le Dauphin), mort de la petite-vérole, âgé de cinquante ans, au château de Meudon, le 14 avril 1711.

LETTRE XXXVIII.

La même à la même.

Ce   juin 1711.

PERMETTEZ-MOI, s'il vous plaît ; Madame, de n'employer mes premières paroles qu'à excuser le désordre de mon esprit. Je ne sais si je suis véritablement en vie. M. le duc *du Maine* m'apprit hier en arrivant l'effroyable état où il a été. Quoique ce soit lui-même qui m'en a fait le récit, je n'ose qu'à peine me flatter que ce soit lui qui me parle ; et je sens bien que je perdrai le peu de raison que j'ai, si Dieu, qui, par sa miséricorde sur moi et sur mes enfans , vient de de ressusciter mon mari , ne me fait la grace de remettre bientôt mon ame dans une assiette plus tranquille.

Je sais, Madame, toutes les marques
de tendresse que vous venez de lui donner dans cette malheureuse occasion. Si
la foiblesse où je suis me permettoit de
me traîner jusqu'à votre appartement,
j'irois vous embrasser mille fois pour
vous en témoigner ma reconnoissance.
Agréez, Madame, que cette lettre,
toute mal faite qu'elle est, m'acquitte de
ce devoir envers vous. Soyez, s'il vous
plaît, bien persuadée que je vous re-
garderai toute ma vie avec des yeux de
fille, et qu'il n'est pas possible d'avoir
pour personne ni plus d'estime, ni plus
de tendresse, ni plus de reconnoissance,
ni plus de respect.

LETTRE XXXIX.

La même à la même.

Ce 11 février 1712.

QUEL malheur (1), Madame! quelle af-
flixion pour le roi! quelle perte pour la
France! quel écrasement pour vous! Je
sens tout trop vivement : mon cœur est
déchiré ; mais votre état en particulier
donne un cruel redoublement à ma douleur, percée de tous les traits qui vous
frappent. Une mort inopinée vous arrache
la plus aimable des princesses, l'ouvrage
de vos mains, les délices de la France, dans
le temps que tout le royaume alloit re-
cueillir le fruit de vos soins, et que vous

_____

(1) Mort de Madame la Dauphine, ci-devant duchesse de Bourgogne. Son mari la suivit au tombeau
six jours après.

commenciez vous-même à ressentir le succès d'une éducation qui vous avoit coûté tant de veilles. Voilà, Madame, une terrible prédication pour les princes. Dieu me fasse la grace de la mettre à profit ! pendant que je lui demanderai pour vous les consolations qui vous sont necessaires (et avec un cœur si sensible, qui en eut jamais un plus grand besoin?) Obtenez pour moi de sa miséricorde, que cet exemple effroyable du néant des grandeurs humaines me fasse penser sérieusement à celle qui ne doit jamais périr.

~~~~~~~~~~~~~~~~~~~~~~~~

LETTRE XL.

La même à la même.

Ce 20 juillet 1712.

Si je m'abandonnois à toute ma joie, je partirois, Madame, dans le moment pour aller embrasser les genoux du roi, et pour vous embrasser vous-même. Je connois dans toute son étendue la grace prodigieuse que ce grand prince daigne répandre sur ma famille. Je n'ignore pas, Madame, combien votre tendresse pour M. le duc *du Maine* et pour mes enfans, y a contribué : aussi apprendront - ils bientôt de ma bouche à partager entre vous et moi toute la tendresse, toute la reconnoissance, et tout le respect qu'on doit à sa propre mère. Je vous en porte parole pour eux, et je sais qu'ils

K

la tiendront. Ils n'auront pour remplir
tous leurs devoirs à votre égard , qu'à
se conformer à ma conduite et à étu-
dier mes sentimens.

Achevez , Madame, achevez votre ouvrage ; exprimez, comme vous savez faire
à ce roi, aussi bon que grand , à quel point
je suis pénétrée de ses bontés. Et puisque
M. le duc *du Maine* juge à propos que
je modère mon empressement pour ne
point donner d'embarras à Marly , dites-
lui, s'il vous plaît, tout ce que la plus vive
et la plus respectueuse reconnoissance
peut mettre dans la bouche d'une mère
tendre , sensible et comblée. Vous parlerez bien mieux que moi, Madame ; et
d'ailleurs vous parlerez en votre nom et
au mien , puisqu'en effet ma famille est
la vôtre , et doit partager entre vous et
moi les obligations que les enfans doi-
vent remplir à l'égard de leurs parens :

et désormais je pourrai les produire har-
diment sans être embarrassée. Ah ! Madame, que le roi peut faire de grands
miracles ! que votre intercession est puis-
sante auprès de lui ! et que vous êtes
une bonne amie ! Mais pourquoi me défendre un remerciement en forme ? pourquoi vouloir que j'aie secrètement le cœur
rempli de sentimens qu'il m'est impossible de taire ?

LETTRE XLI.

La même à la même.

Ce 2 septembre 1715.

VOUS avez, Madame, aussi bien que
M. le duc *du Maine* et moi, une cruelle affliction dans la perte affreuse que vient
de faire la France (1) ; nous ne pouvons

_____

(1) La mort de Louis XIV.

attendre de consolations que de la part
de Dieu qui nous a frappés. Si je croyois,
Madame, que vous approuvassiez que
j'allasse mêler mes larmes avec les vôtres, je prendrois cette occasion pour
vous renouveler les assurances de la vive
reconnoissance que nous vous devons,
aussi-bien que nos enfans, pour toutes les
graces que vous leur avez tant de fois at-
tirées. A toutes celles-là, Madame,
je vous conjure instamment d'en ajourte
encore une ; c'est de prier, dans votre
sainte solitude, pour vos amis exposés
aux orages du monde, et d'être, s'il
vous plaît, bien persuadée qu'on ne peut
honorer une mère plus que vous honore-
ra tout le reste de sa vie *Louise-Bénédicte
de Bourbon.*

LETTRE XLII.

La même à la même.

Ce 16 mai 1717.

QUOIQUE je connoisse votre indifférence, Madame, sur la plupart des choses du monde, je crois pourtant que le mariage de mademoiselle de Noailles est une de celles où un compliment peut être le mieux placé. Le mérite du prince Charles est, je vous assure, aussi estimable que sa naissance, et il conserve pour la mémoire du feu roi une vénération qui doit lui rendre un bon office auprès de vous. Occupée d'une affaire qui doit décider de l'état de ma famille, inquiète avec raison sur le voyage de Hongrie, pénétrée de mille chagrins divers, je retrouve ma vivacité ordinaire pour

prendre part à votre joie. Je vous demande la continuation de votre amitié et
quelque part en vos prières, qui ne peuvent qu'être exaucées par ce grand Dieu
que vous servez si bien. M. le duc a re-
commencé à faire des siennes, c'est-à-
dire de tenir de mauvais discours qui im-
portunent, mais qui n'effrayent point.

FIN DES LETTRES DE LA DUCHESSE DU MAINE.

LETTRES

DE MADAME

LA MARQUISE DE SIMIANE.

LETTRES

DE MADAME

LA MARQUISE DE SIMIANE

LETTRE PREMIÈRE.

Aix, ce 20 mars 1731.

Vous cherchez et vous attendez des
prétextes pour me donner de vos nouvelles, Monsieur. Je ne sais pas si c'est
là une politesse dans le pays que vous
habitez ; mais je vous déclare que chez
moi c'est une offense, et que si vous
avez la cour pour vous, j'ai pour moi
la simplicité et la sincérité de l'amitié.
Vous me deviez plutôt une relation de
votre voyage, entrepris et commencé
sous les auspices les plus glacés et les

L

plus effrayans. Vous voilà donc arrivé en bonne santé; il falloit me le dire, et me tirer de la véritable inquiétude où j'ai été pour vous, et dont pourtant M. de.... eut la bonté de me tirer : car, ne vous en déplaise, vous lui avez donné toutes les préférences. Mais d'où datez - vous votre lettre, et quel souvenir réveillez - vous en moi? Si vous n'étiez pas sûr d'être toujours bien reçu, il est certain que vous auriez trouvé un excellent moyen d'y parvenir. Je n'ai pu résister au desir de remercier monsieur le comte de son précieux souvenir. La joie est babillarde; la mienne a été excessive en apprenant que ce prince, pour lequel j'ai tant de respect et d'attachement, ne m'avoit point oubliée : faites-moi l'amitié de lui donner cette lettre, et vous lui donnerez le prix qu'elle n'a point.

Il court un bruit que vous ne reviendrez pas sitôt, Monsieur ; et que deviendra Bélombre ? Je n'ai point encore été à Marseille ; l'ennui y augmente au point de me préparer des voies aisées à ce que j'ai dans l'esprit ; le temps ne nous nuit pas , vous m'entendez. J'ai fait mes derniers efforts pour accommoder l'affaire de madame de . . . ; ils ont été inutiles : elle est a Paris , cela est toujours gagné en attendant le reste. J'espère que vous voudrez bien nommer mon nom chez vous à monsieur et madame d'O. . . . Rien n'égale le sincère attachement avec lequel je vous suis, etc.

~~~~~~

LETTRE II.

Aix, 30 avril 1731.

Est-il possible, Monsieur, que vous vous soyez souvenu de la misérable petite breloque que j'avois pris la liberté de vous demander ? J'en suis ravie, non pas pour elle, dont je ne me soucie en vérité point du tout, mais parce que cette attention de votre part me marque la continuation de l'honneur de votre amitié, qui me flatte et m'est extrémement précieuse: Je vous remercie donc, et vous prie de ne plus penser à cette boîte. Nous sommes gens qui donnons dans le monde, et qui ne voulons point de vieilleries : c'est bien assez d'être soi-même une antique, sans en orner ses poches.

Vous m'avez envoyé, Monsieur, une

lettre charmante de notre prince. Je ne devrois pas en souhaiter souvent de pareilles ; elles réveillent tous mes regrets. J'ai besoin d'oublier et d'être oubliée : le dernier est un ouvrage aisé : cependant je ne puis m'empêcher de vous supplier de faire ma cour à ce grand prince quand vous en aurez l'occasion.

Vous ne me dites rien de madame d'O... ; je compte pourtant que vous avez la bonté de parler quelquefois de moi avec elle, et de lui rendre de bons témoignages de mes sentimens.

Je n'ai jamais eu trop bonne opinion de l'affaire de madame de... : malgré sa grande confiance, il faut voir ce que cela deviendra.

Vous me surprenez, Monsieur, en m'annonçant un certain oncle ; je croyois les projets de ce côté là bien éloignés ; et d'un autre côté, le frère n'a pas besoin de

secours ni de conseil de famille. Je vous
rendrai compte de tout cela dans peu.
Voici le temps de Bélombre qui s'approche, dont je suis ravie.

J'arrive d'Avignon, où j'ai été faire
une petite course. Je suis dans les horreurs de ma maison de ville; les ouvriers
me font enrager. Revenez, Monsieur,
ce sera à la grande satisfaction de vos
amis, et sur-tout de moi, qui vous honore, et qui suis avec un très-sincère
attachement, etc.

~~~~~~~~~~~~~~~~~~~~~~~~

LETTRE III.

Bélombre, 18 juillet 1731.

Si je n'ai pas eu l'honneur de vous
écrire depuis que je suis à Bélombre,
Monsieur, ce n'est pas assurément que
je n'aie bien pensé à vous ; tout m'y

rappelle vos bontés et votre aimable
société ; mais ce sont des regrets bien
amers quand on en est privé. J'aurois
pu vous parler des ouvrages du frère
Côme, que la sécheresse a presque anéan-
tis : voilà d'abord un sujet triste. Nous
sommes brûlés par la plus violente canicule : autre affliction. Et je n'aurois rien
à vous dire de tout ce que vous auriez
cherché dans ma lettre : voilà le sujet
de mon silence. Bien des circonstances
m'en ont imposé un, qu'il n'est pas à
propos ni prudent de rompre. J'ai souffert de cette contrainte : mon zèle a
pensé s'échapper ; mais la réflexion qu'il
pourroit nuire, l'a arrêté : voilà tout ce
que je puis vous dire.

Vous retardez bien votre retour, Monsieur ; vous avez pris goût à marcher
l'hiver : il falloit nous revenir voir dans
le beau mois de septembre.

Je suis bien touchée du souvenir de madame d'O . . . et de madame d'Armentières ; ayez la bonté de bien parler de toute ma reconnoissance et de mon attachement pour elles. Je ne sais si je n'aimerois pas mieux ignorer les marques si touchantes de leur amitié , que de les savoir, pour m'en attendrir au point que je le fais. Il s'élève des regrets dans mon cœur que les réflexions ont bien de la peine à calmer : je suis beaucoup moins sensible aux promesses de me faire faire des miracles.

Vous m'avez envoyé , Monsieur , le plus joli livre qu'on puisse lire , et dans le goût le plus neuf. Je comprends que les auteurs rigoureux y trouvent des défauts ; mais les femmes, accoutumées aux négligences de l'écriture , n'en sont point choquées , et sont charmées des traits d'esprit dont cette histoire pétille par-tout.

Madame d'Ayres, qui l'a lu avec grand plaisir, me prie de vous faire cent mille complimens de sa part. J'ai envoyé ce livre à M . . .; mais, avec votre permission, je l'ai prié de me le renvoyer bien vite, car je le garde pour moi, et vous supplie instamment, dès que la suite paroîtra, de me l'envoyer par la même voie. J'attends cette galanterie de votre part, et vous rends un million de graces de vous être souvenu de moi dans cette occasion.

Je crois que vous ne manquez pas de gens à Marseille qui vous disent toutes les nouvelles du pays; ainsi je ne tomberai point dans la répétition, que pour vous dire mille et mille fois que personne ne vous honore, Monsieur, et n'est avec un plus sincère attachement, etc.

^^

LETTRE IV.

Ce 11 décembre 1731.

J'AI grand regret, Monsieur, à tous les pas précipités et inutiles que vous avez faits, et qui nous ont dérobé les momens que vous nous aviez destinés. Votre courte apparition n'a fait qu'augmenter le desir que nous avions déjà d'avoir l'honneur de vous voir ; il a fallu contraindre nos empressemens, ravaler toutes nos questions, réprimer notre curiosité sur cent mille choses, et vous en laisser ignorer aussi un grand nombre. J'aurois bien sérieusement souhaité de pouvoir vous entretenir un peu avant votre arrivée à Marseille, parce que je sens que personne n'est plus véritablement votre amie que moi. Ce prince a

tout dérangé ; et en vérité, ce n'étoit
pas trop la peine de s'en faire une si
grande fête. Il méprise tout, il ne se
soucie de rien ; les honneurs le fatiguent,
et il ne lui vient pas dans l'esprit, encore moins dans le cœur, de savoir le
moindre gré aux gens qui se tourmentent
le plus pour lui. Si cette fierté étoit sou-
tenue d'un cortége et d'une représenta-
tion respectables, ce seroit une consolation ; mais si vous voyiez ce train et ces
figures, vous ne leur donneriez pas le
moindre asyle ; et si vous leur donniez
quelque chose, ce seroit l'aumône. Notre
ville d'Aix, et sur-tout le cours, étoient
cependant le plus beau spectacle que l'on
puisse imaginer. Je sais bien que Marseille en auroit encore eu de plus magni-
fiques à présenter, mais il n'en auroit
pas été ému davantage : ainsi je vous
conseille de prendre patience, et de nous.

venir voir. Je suis chargée, Monsieur, de vous faire cent mille complimens de la part de M. le comte de Coëtlogon, syndic des États de Bretagne, et de vous supplier de vouloir bien vous charger du soin de faire embarquer dans un bâtiment sûr et connu de vous, des provisions d'huile d'olive et autres raretés de Provence qu'il m'a demandées, et que je vous adresserai à Marseille, selon qu'il m'en a priée.

Soyez bien persuadé, s'il vous plaît, de sa sincère reconnoissance, et que ce n'est pas un discours ordinaire, mais les véritables sentimens d'un cœur qui vous aime et vous honore parfaitement.

J'ai l'honneur d'être au-delà de toute expression, Monsieur, etc.

~~~~~~

LETTRE V.

Aix, ce 24 décembre 1751.

JE ne pourrois en quatre pages d'écriture répondre aux quatre lignes que je reçois de vous, Monsieur : je n'ai jamais rien vu de si joli, de si galant : comment faites-vous pour rendre si agréable un compliment si commun, si trivial, si répété? expliquez-le moi, je vous prie. Désespérée de ces lettres de bonne année, il me prend envie de souhaiter toutes sortes de guignons à ceux à qui j'écris, afin de varier un peu la phrase. Je n'ai pas la force de commencer par vous; ainsi, Monsieur, apprenez que je vous souhaite de bonnes années sans nombre, tous les bonheurs que vous méritez, et que je suis avec un attachement très-parfait, etc.

On ne parle que de votre passion pour frère *Côme*, et de la sienne pour vous : je vous en félicite, Monsieur.

~~~~~~~~~~~~~~~~~~~~~~~~~~~~~~~~

LETTRE VI.

Ce 16 mars 1732.

J'AI reçu, Monsieur, tous les dessins que vous avez eu la bonté de m'envoyer : nous allons exécuter. Vous êtes le maître de la salle à manger de Bélombre, faites-y tout ce qu'il vous plaira, mais dans le plus simple. Il me prend des inquiétudes terribles, que tant de délicatesse dans les ornemens n'en requièrent dans les mets qui seront servis dans toutes les salles à manger. J'ai peur qu'il ne m'arrive quelque confusion, dont vous serez le premier spectateur, s'il vous plaît. Adieu.

M. de B... est arrivé en bonne santé
à Paris sans encombre : sa chaise s'est
cassée à Nevers ; il a été obligé d'y en
acheter une. Mon Dieu ! qu'un petit gentilhomme à lièvre est heureux dans sa
gentilhommerie ! Rien ne le trouble , il
n'espère rien , il ne craint rien ; ses jours
coulent dans l'innocence ; il est sans passion et sans ennui ; il n'a soin que de ses
guêtres , elles font tout son équipage ;
quand elles se coupent , une aiguillée de
fil en fait l'affaire. Je le place dans les
montagnes du Forez ou du Vivarais, afin
que les nouvelles ne parviennent à lui
qu'au bout de deux ou trois ans. Il me
semble que je le vois d'ici ; toute mon
imagination se remplit vivement de cette
idée. Qu'il y a loin de lui à M. le G. P.
Je vous prie de lui faire valoir que ,
malgré mon goût et ma subite inclination pour ce paisible forestier , je l'aime

encore davantage dans le moment : c'est tout ce que je puis dire de plus fort. Adieu, Monsieur, honorez toujours de votre amitié la personne du monde qui vous est le plus sincèrement dévouée.

LETTRE VII.

Ce 30 mars 1732.

CELA est tout simple, vu le temps présent. On arrive a Paris chaise rompue, brancards brisés ; on n'est pas plutôt arrivé, qu'on a ordre de ne point paroître à la cour et de rester à Paris ; et le lendemain lettre de cachet pour revenir à A ... Grande exactitude à obéir, et pour cela chaise neuve qui coûte bien de l'argent, mais qui est magnifique. On revient à tire-d'aile ; on conte son aventure à tout le monde ; on apprend en arrivant que

M. le premier président part le lendemain pour Paris : on y va dès le matin,
visite ordinaire ; on parle de chemins,
de la pluie et du beau temps ; et le jour
d'après, on siége, on préside à la grand'-
chambre où l'on est actuellement, et
voilà tout ; il n'y a ni plus ni moins à
cette aventure. On rapporte pour cinq
cents écus de jolis bijoux, sans compter la chaise de poste, et on se porte à
merveilles.

Je vous suis tendrement acquise,
Monsieur.

LETTRE VIII.

Ce 8 avril 1732.

Vous approuvez, Monsieur, que l'on
aime ses domestiques ; vous voulez bien
qu'on leur rende tous les services que

l'on peut ; vous convenez bien que vous
êtes en place pour acquitter vos amis de
ce devoir. Enfin, vous permettez bien
que je m'adresse à vous avec toute sorte
de confiance pour vous demander une
grace : la voici, Monsieur, dans ce petit
mémoire ; elle intéresse un de mes gens,
elle fait sa fortune, elle sera le motif de
ma très-vive et sincère reconnoissance.

Comment vous portez-vous, Monsieur?
savez-vous toutes nos lettres de cachet et
nos exils laïques et ecclésiastiques? J'en
reviens à mon gentilhomme de Vivarais,
et vous souhaite de bonnes et heureuses
fêtes, à la façon du pays.

LETTRE IX.

Ce 25 juin 1732.

On me dit hier au soir que vous aviez une place de conseiller d'honneur dans le parlement. Je vous en fais mon compliment, Monsieur : c'est à vous à y mettre une juste valeur, et à la proportionner à cet objet. Il me semble que cette place vous étoit due de droit, et que cet événement est des plus simples ; mais je veux bien que vous sachiez que, depuis les plus petites jusqu'aux plus grandes choses, tout ce qui vous regarde me touche et m'intéresse infiniment. Les grandes nouvelles de Paris ôtent la parole : c'est à cela que j'attribue votre long silence.

Vous avez un bon cœur, Monsieur ; vous avez des entrailles ; vous savez ce

que c'est qu'un vieux et ancien domestique d'un père et d'une mère tendrement
aimés. Voilà un pauvre vieillard affligé,
que je vous présente, Monsieur; il n'é-
toit pas domestique, mais excellent sculp-
teur, qui a travaillé toute sa vie aux châteaux de Grignan et de la Garde : c'est un
ouvrier qui a été admirable, et de pair avec
les plus fameux. Il travaille encore à qua-
tre-vingts ans qu'il possède ; au surplus,
bon et honnête homme. Ce misérable père
a un fils qui le soulageroit dans sa vieillesse;
il s'est avisé de donner un soufflet à son
sergent, le voilà aux galères pour la vie.
Il est venu à moi tout en larmes ; je lui
ait dit toute l'impossibilité de ravoir ce
fils ; il le sait ; il m'a montré cette lettre
que je vous envoie de l'abbé *de Suze*, aumônier du roi. Je vous conjure, Monsieur, de vouloir accueillir charitable-
ment et cordialement ce pauvre homme,

cela le consolera : dites-lui que vous lui accordez votre protection ; et puis dans la suite nous verrons s'il y auroit quelque moyen de le servir réellement. Il sera content de cela, et vous me ferez un sensible plaisir. Quand je vois un vieux bonhomme que j'ai vu toute ma vie chez mon père, que je le vois fondre en larmes devant son portrait, je vous avoue que s'il me demandoit mon bien, je crois que je le lui donnerois; et je vous avertis que je vous fatiguerai beaucoup au sujet de ce fils galérien : prenez courage et armez-vous de patience.

Ce ne sera plus que le 7 que j'aurai l'honneur de vous voir, Monsieur; je vous dirai les raisons : elles sont trop longues pour une lettre qui l'est déjà beaucoup, mais que je ne finirai pas sans vous dire que monsieur le chevalier de Castelane, d'accord avec mon traître de valet.

de-chambre, après m'avoir empéchée d'entrer dans ma nouvelle maison pendant huit jours, sous prétexte de la couleur que l'on mettoit au plancher, m'y menèrent il y a deux jours, et que je trouvai la maison meublée depuis la cave jusqu'au grenier, sans qu'il y manquât un clou, toutes les fenêtres et cheminées du rez-de-chaussée posées; enfin, affaire des fées : voyez si cela se peut souffrir; c'est un enchantement de toutes les façons, et Bélombre m'est un peu obligé cette année.

Adieu, Monsieur : j'ai un extrême désir d'avoir l'honneur de vous embrasser.

~~~~~~~~~~~~~~~~~~~~~~~~~~~~~~~~~~~~~~~

LETTRE X.

Ce 28 juillet 1732.

Monsieur l'intendant revient donc de son rocher : s'il est aussi brûlant que les nôtres, je le plains beaucoup. Sait-il bien, cet aimable intendant , qu'il y a long-temps que nous ne l'avons vu , et qu'il ne faut pas mettre les gens en goût et puis les planter là? On a cent choses à lui dire, encore plus à entendre. Sait-il bien encore qu'il est attendu vendredi à Bélom-bre , et que les draps sont déjà dans son lit? Ce sont mes nouvelles ; j'ai cru devoir les lui communiquer.

~~~~~~~~~~~~~~~~~~~~~~~~~~~~~~~~~~~~~~~

LETTRE XI.

Ce 22 août 1732.

Les timides nymphes de Lovône ne répondent pas à des chants si doux et si séduisans. Si on les agace trop, j'ai peur qu'elles ne se gâtent. C'est le temps des complots; il s'en forme un tout le long de la côte pour leur faire perdre cette belle simplicité, qui est tout leur ornement. Déjà les voilà tristes à mourir d'avoir vu échouer une partie sur la mer, dont elles s'étoient flattées. Venez demain pour les consoler; amenez M. de R. on le desire, et on veut bien qu'il le sache. Mais ne sont-ils pas deux? Faites sur cela ce que vous jugerez à propos; sur-tout faites des vers, Monsieur,

car, en vérité, vous les faites bien jolis;
vous le savez bien, et vous n'avez que
faire de ma fade louange.

~~~~~~~~~~~~~~~~~~~~~~~~~~~~~~~~~~~~~

LETTRE XII.

Ce 10 septembre 1732.

MILLE et mille graces soient rendues à
qui m'a envoyé un vent si aimable, si
favorable, si délectable, si guérissable,
et toutes choses en *able*. Il est sept heures, et l'estomac n'a rien dit; nous
avons eu grand monde; tout est reparti.
Les chasseurs ignorant l'intention qu'on
avoit sur eux, se sont fatigués à la chasse,
et faisoient mauvaise figure le soir auprès
des dames : ils font leurs très-humbles excuses. J'aurois de la gaîté aujourd'hui, si
je ne regrettois la journée d'hier, dont je
profitai si mal : ainsi va le monde.

N

Je suis pénétrée de vos bontés et de vos attentions, Monsieur. Etre enchanté auprès d'Armide, et se souvenir de ses amis, c'est une très-belle action. Bon jour, belle Armide.

~~~~~~~~~~~~~~~~~~~~~~~~~~~~~~~~

LETTRE XIII.

Ce 16 octobre 1732.

Est-ce de Maroc que vous m'avez envoyé une si belle peau, Monsieur? hélas! je n'en doute pas; je ne vous vois plus; je n'ai plus l'espérance de jour à autre de vous voir arriver, tantôt à dîner, tantôt à souper. Le chancelier O.... ne vous annonce plus, ni vous, ni vos volontés. Enfin c'est un changement auquel je ne m'accoutume pas, et dont toutes les gentillesses de mon petit palais ne me consolent point. Je me suis jetée dans une re-

traite totale ; les orages, les éclairs, les
tonnerres, sont ma seule compagnie, et
ont si bien rompu tout commerce avec
le reste du monde, que voilà trois ou
quatre courriers qui ne passent point :
ainsi pas la moindre nouvelle. Monsieur
de.... nous a quittés, le chevalier de...
est à Saint-Marc, et celui de L... chez
ses parens. Je suis avec Poupoune et mes
pensées, tant bonnes que mauvaises : vous
êtes l'objet des premières. Ne m'oubliez
pas, je vous prie, Monsieur.

LETTRE XIV.

Ce 21 novembre 1732.

JE suis au désespoir, Sincti n'est point
ici : je lui envoie dans l'instant un porteur
exprès à Apt ; il sera ic' demain au soir
sans faute.

Conservez-lui votre bonne volonté et votre précieuse amitié : vous êtes un ami du premier ordre. Je suis dans l'enchantement de la bonté de votre cœur ; vous ne sauriez rien faire qui me fasse plus de plaisir que de placer ce pauvre garçon. Je vous conjure de l'attendre : je voudrois le tenir ; mais enfin il sera sûrement vendredi à Marseille avec tout le secret et les précautions nécessaires.

Je suis au milieu de cent mille voix qui m'étourdissent ; je ne sais ce que je dis ; mais je sais que je vous aime de tout mon cœur. Je n'ai pas le temps de vous dire cela plus poliment,

LETTRE XV.

Ce 22 novembre 1732.

Si les choses inanimées ne vous appren-
nent rien de moi, Monsieur, il ne faut
pas que vous espériez d'avoir jamais de
mes nouvelles, avec le divorce que j'ai
été faire avec tous les mortels. Mais voyez
de quoi je me suis allé aviser ; si j'avois
prévu l'embarras où cela me mettoit, par
rapport à vous, je serois demeurée parmi
les hommes, et à portée qu'il n'en parût
aucun devant vous qui ne vous parlât de
moi. Je ne vois plus de remède à ce mal que
de venir vous-même : vous me l'avez pro-
mis, et j'entends encore le français. Venez donc en propre personne, Monsieur;
venez triompher de toutes mes résolu-
tions, et les voir céder au foible que j'ai

pour vous, et dont ce babillard de L....
vous a parlé, si je ne me trompe, dans
une de ses lettres. Je ne sais plus ce qu'est
devenu mon gendre Castellane ; son frère
est revenu de ses montagnes ; la ville se
remplit : voilà à-peu-près toutes mes nouvelles. Ma pendule attend sa console, et
ma console, à ce que je comprends, attend
son ouvrier ; et moi je vous attends avec
une impatience proportionnée à tous mes
sentimens pour vous, Monsieur ; vous les
connoissez, mais non tels qu'ils sont.
J'ai cependant une grande quantité de
choses à vous dire ; je ne sais par où commencer. Je crois qu'il faut capter d'abord
la bienveillance de mon lecteur, en lui
disant que j'ai vu la beauté B... ; j'ai diné
avec elle chez madame de... ; je l'ai con-
templée tout à mon aise : cela est beau
certainement, cela est pâle, cela est
maigre, cela est changé ; mais j'ai dé-

mêlé tout cela ; je la vois telle qu'elle est naturellement et telle que vous l'avez vue. Je l'ai admirée , hélas ! en femme qui n'a plus de raison de lui trouver des défauts. J'en suis enchantée. Le premier article vous a-t-il mis de belle humeur ?

L..., pénétré de votre amitié et de vos vues pour lui , vouloit partir ce matin. Je l'arrête encore quelques jours sur la phrase de votre lettre qui lui donne congé jusqu'à la revue. J'ai de sérieuses raisons pour le garder ce peu de temps. Le marquis de.... doit passer à Aix ; je serai bien aise de le voir , et il me faut mon grand maître de cérémonies : vous le voulez bien, j'en suis sûre.

~~~~~~

LETTRE XVI.

Ce 30 novembre 1732.

JE n'ai point vu le pauvre S......, Monsieur; il ne me trouva point chez moi, et quand j'envoyai chez lui en rentrant, il étoit malade et prêt à se coucher. Je suis véritablement en peine de lui. Son père n'est point trop mal; mais je crois qu'une petite absence et un peu de repos lui étoient nécessaires absolument. Son département et ses fonctions me semblent pénibles; l'air contagieux d'un hôpital n'est pas sain. Vous avez de la bonté pour lui; vous voulez le conserver; vous en avez trouvé le seul moyen; je vous en remercie.

Que vous dirois-je de plus, sinon que nous l'aimons tendrement, et que nous

le regrettons au-delà de toute expression,
et que je n'ai d'autre consolation en le
perdant, que de penser que vous le con-
noîtrez bien, et que vous l'aimerez à
proportion, et que vous trouverez en lui
tout ce que vous cherchez dans un ami
sincère, sage et fidèle. L'âge ne fait rien
à l'affaire ; ses bonnes qualités ont soixante
ans ; il vous consolera de vos peines et de
l'ingratitude des faux amis. Les attache-
mens sont la source de toutes les miennes :
c'est une expérience que je fais depuis que
je suis au monde, et il y a long-temps. J'ai
passé par toute sorte de peines, d'indi-
gences, de tribulations : tout m'a se-
couée ; mais rien ne m'a abattue, que ce
qui a attaqué mon cœur du côté de l'amitié. Ménagez donc ma sensibilité, Monsieur ; et puisque je vous aime, aimez-
moi un peu avec tous mes défauts ; mon
sauvage, ma retraite, mon divorce avec

le monde , que tout cela ne vous rebute
point ; gardez-moi pour les momens où le
goût de la solitude et des réflexions vous
prendra : ne serai-je pas bien flattée de
vous voir venir à moi , quand vous voudrez être à vous ? J'avois dans ma jeunesse une amie du premier ordre pour la
sagesse , le bon conseil , le bon esprit , la
vertu , et je ne la voyois presque jamais ,
parce que j'étois toujours comme les gens
ivres : mais dès que mon ivresse passoit
un peu , ou qu'il m'arrivoit quelqu'encombre , je courois à elle ; elle en badi-
noit , et me savoit très-bon gré de mes
retours, dont elle connoissoit tout le prix.
Ayez la bonté de ne pas croire que je
veuille faire de comparaison : à Dieu ne
plaise ; je n'ai de tout cela que la solitude.

J'oublie avec vous , Monsieur, que j'ai
fort mal aux yeux. Adieu donc , Monsieur , jusqu'au retour de ma vue.

LETTRE XVII.

Ce 5 décembre 1732.

JE n'ai vu de tout ce que vous m'envoyez que la console, qui est charmante; je vous en remercie de tout mon cœur, Monsieur. Je ne doute pas que vous ne l'ayiez faite vous-même : toute la délicatesse de votre esprit aura passé dans vos doigts, et cela fait un ouvrage parfait. Je n'ai donc point vu la noce : mon premier mouvement m'y portoit, la réflexion m'a arrêtée, et n'ayant fait aucune visite dans la ville, celle-là auroit paru singulière. La petite femme sera très-heureuse avec un très-honnête homme et dans une belle ville.

Je vous renvoie la lettre de notre ami M......, Monsieur, elle est écrite à merveilles. J'y aperçois des sentimens pour

vous que je comprends mieux que personne, et je l'en aime davantage. Quand
il vous viendra quelque lettre de la petite
Anglaise, faites-m'en part, je vous en
prie, mais sur-tout de ce qui se sera passé
dans ce mois. Comptez sur ma discrétion,
comme je compte ne pouvoir savoir rien
de bien sûr que ce que vous recevrez.

J'ai bien envie d'avoir l'honneur de
vous voir; il me semble qu'il faudroit se
rassembler pour écouter les nouvelles de
ce moment présent.

LETTRE XVIII.

Ce 29 décembre 1732.

J'AI si peur que vous ne me souhaitiez
la bonne année le premier, que je me dé-
pêche de faire mon compliment : le voici.
Bon jour et bon an, Monsieur, et tout ce

qui s'ensuit : voilà mon affaire faite , et
très-bien faite, je le soutiens ; car trois
mots qui viennent d'un cœur bien sincère
et bien à vous , valent un trésor. Diver-
tissez-vous à présent à tourner joliment
votre réponse et vos souhaits ; cela ne
m'embarrassera point et me fera grand
plaisir. Je vous pillerai et ferai mon profit de ce que vous me direz. Et pourquoi
non? Vous pillez mon salon , mes corni-
ches, etc. Il est vrai que le vol n'est pas
égal ; mais il y a de grands et de petits
voleurs. Adieu , Monsieur ; que je vous
plains ces jours-ci !

LETTRE XIX.

Ce 1ᵉʳ février 1733.

Oh dame ! c'est que je suis la plus raisonnable et la plus juste personne qui soit

sur terre : vous allez voir. Je veux bien
vous oublier, mais je ne veux pas que vous
m'oubliez ; je n'entendrois aucune raillerie, et je gronderai dès qu'il y aura un
intervalle un peu considérable. Voilà,
Monsieur, sur quoi il faut que vous comp-
tiez , s'il vous plaît : et ne venez point tenir de mauvais propos ; que c'est par discrétion que vous ne voulez pas interrompre
ma retraite: mauvaises raisons non reçues.
Quant aux miennes , pour un marché qui
paroît inégal, avec un peu de méditation,
que vous y trouverez de choses flatteuses!
je vous y renvoie, Monsieur. Je voudrois
bien vous voir ici ; je soupire après Bélombre; je veux que vous vouliez y venir souvent passer des soirées avec nous.
Vous savez parler toute sorte de langues;
vous savez vous accommoder à tous les
esprits ; vous savez permettre que l'on
tienne son imagination un peu enchaînée

dans le solide et le sérieux : n'êtes vous
pas charmant ? Moyennant quoi ne re-
noncez pas à moi, et soyez persuadé que
je vous suis sincèrement et tendrement
attachée, Monsieur, et pour la vie.

~~~~~~~~~~~~~~~~~~~~~~~~~~~~~~~~~~~~~~~

LETTRE XX.

Ce 17 février 1733.

QUAND je ne vous serois venue dans l'esprit que le mercredi des cendres , c'étoit
bien assez, Monsieur , pour exciter ma
reconnoissance ; mais vous souvenir de
moi au milieu du bal et des plaisirs les
plus vifs du carnaval ! il y a de quoi me
faire tourner la tête. Vous excusez mieux
que moi le marché que je vous ai propo-
sé; je ne saurois parvenir à vous oublier ;
c'est une chose étrange que mon foible
pour vous ; je prends le parti de ne plus

combattre ce penchant, de vous aimer de tout mon cœur, et de penser à vous bien tendrement et bien solidement ; car mes pensées ne sont point frivoles : je vais au fait. Je vous enrichis, je vous établis, je vous marie, je vous fais le sort du monde le plus joli et le plus heureux ; je me place à portée de voir tout cela, je vous possède à Bélombre ; enfin que ne fais-je point ? Je défie l'imagination vive et jeune de votre Anglaise d'aller plus loin. Cette lettre de rencontre est en effet un portrait où l'on voit cette personne. Il y a, dans mes châteaux en Espagne, de la voir à Marseille, à la suite de Madame votre mère, à qui je fais vous rendre une visite, et voir la Provence. Si vous ne trouvez pas que je m'occupe assez de vous, vous n'avez qu'à dire. Ne grondez point madame *d'Héricourt* de vous avoir négligemment envoyé cette lettre : au contraire, dites-lui

de vous en envoyer tant qu'elle pourra :
elles sont vives et jolies. Nous savons ici
toutes vos fêtes : savez-vous les nôtres?
Et la résurrection de l'ordre de Méduse?
J'ai reçu des descriptions de la cour et de
Paris , qui donneroient envie de s'en
éloigner, si nous n'étions pas déjà au
bout du monde. Mais y sommes-nous
mieux? non. Concluons qu'il faut se faire
une habitation au-dedans de soi , y ad-
mettre bien peu de gens, la décorer d'ornemens solides et agréables , avoir un
M. l'Aîné qui donne de beaux desseins,
les bien exécuter soi-même et s'y renfer-
mer. M'entendez-vous, Monsieur? Vous
ferez fort bien; car pour moi je ne m'entends plus , et sens que j'extravague.
Adieu, etc.

~~~~~~~~~~~~~~~~~~~~~~~~~~~~~~~~~~~~~

LETTRE XXI.

Ce 17 mars 1733.

Vous avez eu la bonté, Monsieur, de faire espérer l'honneur de votre protection au sieur *Ferraud*, qui se présente à vous aujourd'hui. Il a une grosse famille de jeunes, jolies et sages filles ; tout cela demande un peu de bien, et il n'en a point ; un petit emploi pourvoiroit à tout ; je vous le demande pour lui, et je joins mes prières à celles de M. de B.... C'est la mouche du coche ; mais n'importe, ma reconnoissance n'en perdra rien de sa force, non plus que tous les sentimens que vous me connoissez pour vous, Monsieur, et que je vous ai voués pour toute ma vie.

LETTRE XXII.

Ce 28 avril 1733.

Il m'est revenu que M. de B..... compte que vous souperez avec lui le jour que vous arriverez à Aix, Monsieur, et moi je compte sur cet honneur-là aussi, et j'ai invité et prévenu le P. de R....... qui s'y attend. Evitez une querelle qui deviendroit sérieuse entre M. de B...... et moi, d'autant plus que les esprits sont aigris de part et d'autre par plusieurs poissons d'avril qui ne sont point encore digérés. Sérieusement ayez la bonté d'écrire un mot au P. pour lui apprendre votre engagement avec moi, et instruisez-moi de votre marche ; elle me seroit bien agréable, si elle ne m'annonçoit pas une absence longue et insupportable.

LETTRE XXIII.

Ce 25 mai 1733.

JE fais tout le cas que je dois de votre aimable attention pour moi, Monsieur; rien n'est perdu avec une personne qui en connoît tout le prix. Je vous remercie donc de tout mon cœur de m'avoir appris votre arrivée à Paris. Je m'étois avisée d'être inquiète de vous, au hasard que l'on se moquât de moi d'être en peine de quelqu'un qui est jeune, qui se porte bien, et qui voyage dans le mois de mai. Votre lettre a tout rassuré, et m'a fait un grand plaisir; il n'y a que la date qui m'en déplaît. Quand je vous vois à deux cents lieues de nous; quand je pense que Bélombre sera sans vous cet été, je m'afflige et je suis toute découragée. Mais de

quoi vous vais-je parler ? vous avez bien
d'autres idées. Nous voilà dans les grandes mers. Vous avez trouvé monsieur votre père encore foible et infirme : je le
sais par le P. de R........ ; madame votre
mère en bonne santé ; vous leur avez
nommé mon nom, j'en suis persuadée.
Vous avez trouvé madame de... toujours
la même, et se souvenant de ses ancien-
nes amies. Mon Dieu ! que cela est beau
et rare ! Je suis effrayée de tous ces enfans uniques qui ont péri ou qui vont périr, et des maisons sans ressource : beau
sujet de réflexion pour les personnes qui
ont le temps d'en faire. Nous n'avons rien
dans ce pays-ci digne de vous être mandé.
Des missions, des sermons, Aix en est
farci. M. de B... est allé faire une course
légère jusqu'à mercredi. Dites-moi des
nouvelles de mademoiselle de P... (dis-je
bien son nom?). *Pouponne* est très-étonnée

de se voir respectée; elle vous fait ses petits
complimens ; et tout ce qui m'environne
vous respecte, vous honore, et me charge
de vous le dire. Pour moi, Monsieur, je
n'y fais pas tant de façon, je vous regrette
et je vous aime de tout mon cœur.

LETTRE XXIV.

Ce 12 juin 1733.

C'EST un tableau que tout ce que vous
dites du pays où vous êtes, Monsieur ; il
me semble que j'y suis : gens affairés de
rien ; gens parlant beaucoup et ne disant
rien ; gens affectueux qui ne sentent
rien ; gens écoutans qui n'entendent
rien ; gens enfin fort aimables qu'il ne
faut point aimer ; gens sociables qu'il
faut, s'il vous plaît, quitter bientôt pour
venir commercer avec gens simples ,

rustres, brutaux, si vous voulez, mais
francs et sincères, et qui desirent beaucoup votre retour. Ma lettre, Monsieur,
est donc allé tout de suite à R......:
j'aime mieux qu'elle y soit lue qu'à
Versailles. Je n'ai point été surprise de
la bonne réception qu'on a faite dans la
rue.... à celle que vous avez eu la bonté
d'y porter; c'étoit déjà une grande avance
d'être présenté par vous : mais d'ailleurs
le cœur de cet ami n'est pas équivoque;
il est de la bonne et vieille roche, et
des meilleurs. Je ferai peut-être bientôt usage de son habileté et de son autorité; peut-être aussi que M. P. finira
tout : c'est un autre ami à qui j'ai des
obligations sans nombre. Il semble qu'il
ne soit à Paris que pour mes affaires.
Celles qui me tourmentent à présent
sont effrayantes; car il s'agit d'une vieille
tante qui veut former opposition au paie-

ment du prix d'une terre que j'ai vendue en Bretagne, de son gré, de son consentement; et je craindrois quelque confiscation de la part des acquéreurs; ce qui n'avanceroit pas les affaires de cette tante, et gâteroit fort les miennes. Vous savez ce que c'est que les consignations. Tout ceci n'est qu'une terreur qui sera peut-être vaine: il ne faut point en parler, s'il vous plaît, pour ne pas réveiller le chat qui dort.

M. le marquis D..... a passé ici; il y arriva à huit heures du matin; il a dîné, soupé et couché chez moi, et repartit le lendemain pour Marseille, et tout de suite à Toulon, où il est.

J'ai été charmée de la pension de notre pauvre comtesse; je m'imagine que vous n'y avez pas nui; car vous êtes un bon ami. Monsieur, sans faire semblant de rien, *vous ai destapat :* en-

tendez-vous ces paroles ? Vous ne me
dites rien de mademoiselle votre sœur ;
je ne veux savoir que ce qu'il vous plaira, pourvu que vous sachiez que je m'intéresse sincèrement à tout ce qui vous
regarde. Il n'y a rien de nouveau en
ce pays-ci : missions, processions,
confessions, restitutions, réconcilia-
tions, voilà ce qui nous occupe ; et
voici bientôt le temps de Bélombre, qui
m'occuperoit bien agréablement, s'il n'y
manquoit rien. Mais, hélas!.... hélas!...
Adieu, Monsieur, regrettez nous la cen-
tième partie de ce que nous vous regrettons : je suis chargée de vous en assurer
de la part de toute la société.

P

LETTRE XXV.

Ce 17 juin 1733.

Monsieur le chevalier de C..... me rendit bien fidèlement votre lettre à sept heures du matin, Monsieur; elle me fit grand plaisir. Il me faudroit un chevalier de C.... pour vous porter ma réponse; mais comme le vôtre n'a pas voulu retourner à Paris, me voilà fort embarrassée, et obligée de tout ravaler et de tout garder pour une allée de Bélombre, ou pour le coin de mon feu à Aix. Ce que je puis bien dire tout haut, c'est la joie que j'ai qu'un grand personnage m'honore toujours de son amitié, et que les nuages que je craignois, et auxquels je donnois des causes extraordinaires, ne soient qu'un effet tout naturel. Avec cette certitude, je

souffrirai tous les silences et les appa-
rences d'oubli, et l'oubli lui-même ;
n'est-il pas bien dû aux pauvres absens ?
il y a long-temps que l'on sait qu'ils ont
tort. Mais revenons à notre affaire.
Quand on ne peut rien dire, que dit-on ?
je vous le demande. Je n'ai pas assez
d'esprit pour fournir à une conversation
forcée ; quand mon cœur ne s'ouvre pas,
mon esprit se bouche. Des nouvelles ?
Hélas! la ville d'Aix n'en fournit point ;
la mission est finie, la comédie lui suc-
cède demain; nous partons tous pour nos
campagnes. La pauvre petite Castellane
a eu la fièvre ; sœur Lutine en a été bien
malade ; elle est hors d'affaire. M. de
B ... a la fièvre double-tierce et mademoiselle de... épouse M. de N....:
c'est comme si le P. G. épousoit mademoiselle C .... Voilà pourquoi c'est
une nouvelle. Et voici une commission ;

car vous croyez peut-être, Monsieur,
que vous serez tranquillement à Paris,
sans être chargé de rien pour moi : ne
vous en flattez pas. Vous saurez donc
que dans un certain petit cabinet de ma
maison d'Aix, cabinet où l'on va de ma
chambre, cabinet soi-disant mon ora
toire, il y a une petite tablette en encoignure, à platte-terre, qui me sert
de bibliothèque ; elle a trois pans et
demi de hauteur. Je voudrois une jolie
serrure et une jolie clef anglaises, ou façon d'Angleterre ; je vous supplie de m'en
apporter une avec toutes ses appartenan-
ces. Cette encoignure est cintrée, et fort
jolie ; vous vous en souviendrez peut-
être. Je suis fort pressée de cette serrure,
et je ne la veux que de votre main :
vous voyez ce que cela veut dire. Que je
vais vous regretter à Bélombre, Monsieur ! cela ne peut se décrire.

LETTRE XXVI.

Ce 28 juin 1733.

Je vous réitère tous mes complimens, Monsieur, sur le mariage de mademoiselle votre sœur. Mais, mon Dieu ! dans quelle situation vous trouvera-t-il, ce compliment ? L'état où est monsieur votre père ne laisse presque pas d'espérance pour lui : ainsi je m'afflige avec vous plus encore que je ne me réjouis. La douleur se fait plus sentir que la joie ; celle de votre noce aura été bien troublée : peut-être aussi que mon imagination va trop loin, et avance des malheurs qui seront éloignés, s'il plaît à Dieu. Je le souhaite bien sérieusement, Monsieur, car je partage vos peines avec beaucoup de tendresse.

Vous m'avez attiré une lettre, Mon-

sieur , qui m'embarrasse infiniment.
Quand j'admirois celles de mademoiselle
de P...., je ne croyois pas avoir un
jour à y répondre, et cette commission
me paroissoit bien entre vos mains. J'ai
un style tout dégingandé qui lui paroîtra
tout-à-fait ridicule. Je vais tâcher de le
réduire au sens commun : en tout cas ,
vous corrigerez , s'il vous plaît , et vous
la donnerez vous-même ; ce qui lui servira d'excellent passe-port.

Rien n'est si solitaire que Bélombre ;
il semble que tous mes amis se sont ac-
cordés cette année pour avoir affaire
ailleurs. Le chevalier de ... et moi
allons tête-à-tête. L ... va à B....;
M. de ... reçoit madame de M....;
D.... est à Aix ; celui-là reviendra.
Je ne veux pas me dire qu'on s'ennuie
à Bélombre ; je veux au contraire me
persuader que l'on est au désespoir de

n'y pas être. Adieu, Monsieur, j'ai bien d'autres affaires que de babiller avec vous; je vais faire ma lettre; je suis votre servante très-humble.

~~~~~~~~~~~~~~~~~~~~~~~~~~~

LETTRE XXVII.

Ce 1ᵉʳ juillet 1733.

Qu'est-ce donc que vous avez, Monsieur? vous êtes dans votre lit, vous avez mal à la jambe; êtes-vous tombé? vous êtes-vous cogné? Je suis fort occupée de tout cela; et vous comprendrez aisément que c'est l'article qui me touche principalement, puisque je le fais passer avant celui de mes félicitations.

Voilà donc enfin mademoiselle votre sœur, madame de L. F.; il ne faut penser qu'au plaisir et à la douceur que vous aurez d'avoir cette chère sœur sous vos yeux, et mariée dans une famille où tout ce qui la compose est fait pour la rendre heureuse ; mais elle leur rendra bien un avantage si précieux : j'en juge par tout ce que j'entends dire d'elle , et encore plus par le sang qui coule dans ses veines. Je ne veux rien dire de monsieur son frère en particulier ; les louanges en face sont trop grossières ; il suffit qu'il soit dans mon cœur tel qu'il doit y être ; mais je veux qu'il soit en bonne santé : j'en reviens toujours là. Il ne faut pas troubler la fête, s''il vous plaît, Monsieur, par un article si considérable.

Oserois-je vous prier de présenter tous mes complimens et félicitations, vœux, souhaits à tout ce qui vous appartient ? Faites, je vous prie, souvenir, M. et madame d'H. de la façon dont je les honore. Madame votre mère ne viendra-t-elle jamais voir ces chers enfans? La Provence devient son pays. Il faut y mener cette aimable Anglaise ; sa présence dédommagera bien de la privation de ses lettres.

Tout est parti ou part ; les vaisseaux sont à mille lieues de nous. Les B.... les L...., B..., tout est déjà décampé. Votre petite servante part lundi , et va vous attendre , Monsieur, avec une grande tristesse de ne point vous trouver, et avec une grande impatience de votre retour.

On vous a mandé les hauts-faits de M. de B... : le pauvre M. de R.... en est affligé à mourir.

LETTRE XXVIII.

Ce 12 juillet 1733.

JE voudrois, Monsieur, que vous vissiez Bélombre sans vous : le chevalier de Castellane , qui est un épilogueur,

dit que cela n'est pas possible. Pour moi,
que le miracle de saint Denis baisant
sa tête n'a jamais étonnée , je trouverois
tout simple que vous fissiez la triste expérience de voir la mélancolie d'un lieu
où vous n'êtes point. Tout vous y rede-
mande , tout crie après vous ; il n'y a pas
une feuille de mes arbres qui ne se plaigne
de votre absence ; le fleuve en murmure.
Mais ceci est trop commun , et j'ai vu le
murmure des fleuves dans je ne sais combien de livres , à la différence que c'étoit
des fictions, et que pour nous cela est
très-vrai. Je voudrois bien que ce chevalier , avec sa physique , me vînt dire
que , dans une telle occasion , les choses
inanimées ne sentent rien. Comme il lui
plaira ; mais pour les choses animées , je
réponds de leur sensibilité et de leur ma-
laise. Mais , Monsieur , à votre absence
se joignent les aventures les plus sinistres

et les plus affligeantes. Vous n'ignorez pas la mort funeste de ce pauvre G......, assassiné à table au milieu de son repas et de ses amis. Cette catastrophe a mis la consternation dans tout le pays. Monsieur de..., qui prend des eaux à..., en est désespéré. Pour moi, je n'en reviens point ; je regrette mon ami, mon conseil, l'homme du monde le plus vertueux et le plus aimable. Vous comprenez bien qu'avec quelques dispositions aux réflexions, ceci les augmente infiniment et détache bien de la vie.

Nous sommes ici les solitaires de la Thébaïde. J'ai quelque peine de temps en temps d'imaginer que ma jeunesse s'ennuie peut-être ; mais je pense tout d'un coup que l'amitié dans les cœurs bienfaits tient lieu des grands plaisirs, quand ce n'est pas pour toujours que l'on habite des déserts. Le mois de septembre

ramènera les voisins, et alors je serai
moins inquiète de mes chevaliers et de
D...... C'est la seule compagnie que j'ai
eue, et on m'a fait le plaisir de me servir à
ma mode. B..... me fait espérer de venir
dans la semaine prochaine. Les grandes
compagnies iront à B..... : L......... y est
furieusement invité, et ne sauroit résister, la tentation est trop forte. Nous ne
faisons donc rien pour le pauvre garçon,
Monsieur? Sûrement ce n'est pas votre
faute, mais une étoile maligne sur laquelle il a marché, comme dit fort bien
je ne sais qui.

Le P. de R...... viendra aussi au mois
de septembre passer ses huit jours, si vos
ordres ne l'arrêtent. Eh bien! Monsieur,
tout est-il fait? Dites-moi un peu des nouvelles de votre noce. Je ne sais rien, je
n'entends rien dire; je le veux bien pour
beaucoup de choses, mais non pas pour ce

qui vous regarde : vous , oui , vous , Monsieur , que j'honore , que j'estime et que j'aime tendrement , puisqu'il faut le dire.

Tout Bélombre vous salue très-humblement , et même Pouponne.

—————————————————

LETTRE XXIX.

Ce 22 juillet 1733.

Ligondès, tout éloquent qu'il est , ne peut pas atteindre à tout ce qu'il faudroit dire pour vous exprimer nos regrets ; Monsieur. Enfin , Bélombre est laid , jugez de tout le reste. J'y arrivai hier au soir , munie d'une de vos lettres , que je reçus à Aix : je n'y répondrai , s'il vous plaît , que dans la première de mon fils. Une dame de château a mille occupations : il faut distribuer mon lard , ma chandelle , mon huile , prendre bien garde à tout ;

mais avec ma bonne conduite je vais être ruinée. Savez-vous à quoi, Monsieur ? en glaces. Je suis outrée de colère contre la ville de Marseille, d'être si grande et si petite.

Je vous ai fait tous mes complimens, Monsieur, sur le mariage de madame votre sœur : plus j'y pense et plus je le trouve joli. Vous me dites, à cette occasion, des choses si jolies et si flatteuses, que je ne saurois y répondre ; mais je sais ce que je sais, et *Ligondès* vous l'a dit. Il faudra donc, Monsieur, se passer de nouvelles, et se contenter de savoir les gentillesses de Paris. Vous apprendrez que nous avons aussi nos histoires, et que l'amiral de B........ est tout-à-fait du bel air. Nous allons être ici très-solitaires. Vous pouvez nous mettre en chanson, si vous voulez, nous sommes so......, nous sommes so......

Il n'y a point de délicatesse que vous ne receviez de notre part : point de plaisir, point d'esprit, point de joie, un ennui mortel tant que votre absence durera. Mais, Monsieur, pourquoi, s'il vous plaît, cette serrure et cette clef immense? J'ai ouï dire que quand on ne trouvoit pas ce que l'on cherchoit, il ne falloit rien mettre à la place : c'est ainsi qu'on en usera pour vous à Bélombre. L. B........ est chez lui assez infirme : je dînai hier avec lui, en passant.

Le chevalier de C..... vous rend mille et mille graces au sujet de son peintre.

On se prépare avec grande satisfaction à recevoir madame votre sœur à B.......

Je vous remercie, Monsieur, de toute mon ame, de vos bontés pour ces pauvres F...... J'ai encore cent mille choses à vous dire ; ce sera pour la première fois,

~~~~~~

LETTRE XXX.

Ce 18 septembre 1733.

J'AI une si grande quantité de choses à
vous dire, Monsieur, que je ne sais pas
comment en sortir ; et j'ai pris le parti
du silence, comme le seul moyen de me
tirer d'affaires ; mais il n'est pas trop sou-
lageant, et j'y renonce. Je commence
par le plus pressé : c'est la santé de monsieur votre père. Mon Dieu ! Monsieur,
par quel miracle est-il revenu de l'agonie
où nous l'avons vu, et à son âge ? Il faut
convenir que nos machines sont quelquefois bien parfaitement construites et capables de résister à tout. Je souhaite que
vous jouissiez encore long-temps d'une
vie qui vous est si chère. Votre absence
et votre retour seront mon second article ;

il est considérable, Monsieur, pour qui
vous attend avec impatience, et s'est ac-
coutumé à vivre avec vous. Votre départ
dépendoit de monsieur votre père ; le
voilà mieux : il me semble que rien à
présent ne doit vous arrêter, ni changer
le projet de venir le mois prochain, et
de nous amener madame votre sœur, qui
appartient à la Provence présentement.
Madame sa belle-mère a passé un mois à
Marseille ; elle est retournée à Aix. Venez donc, Monsieur.

Me voici à la promotion : elle est très-
satisfaisante pour moi. Mon fils, mon
cousin, je me trouve entourée de bonnes
fortunes. Je suis véritablement aise de
L......... Que ne vous doit-il pas, Monsieur ! je vous réponds bien de son cœur
et de sa reconnoissance ; je la partage
avec lui, et vous remercie mille fois de
tout mon cœur, d'avoir si bien conduit

Q

cette affaire. Ce traître enfant est à B...,
devant être à Bélombre, selon nos arran-
gemens; mais le drôle s'amuse à B....,
et je ne lui présente rien qui en approche.
Il faut prendre son parti, et s'exécuter
de bonne grace. Je ne lui ai point écrit,
parce que je le compte ici à tout moment.
Bélombre est aujourd'hui dans son plus
fort pour la compagnie; j'y possède M. de
L. B...., M. le P. de R..... et M. G....,
qui n'a peut-être pas l'honneur d'être
connu de vous. Tout cela me quittera
dans quatre jours, et je retomberai dans
une parfaite solitude. J'ai été accablée
d'une fluxion épouvantable; il m'en a
coûté une dent, que l'on a soupçonnée
être la cause du mal, et cette opération a
été faite par un forçat qui vient d'avoir sa
liberté. Si on pouvoit placer le mot de dé-
licieux en pareil cas, je vous dirois que
véritablement c'est une chose délicieuse,

que de se faire arracher des dents par cet
homme. Ma fluxion est passée, et me
voilà comme une autre.

Je crois, Monsieur, que vous ne manquez pas de gazettes de Marseille ; ainsi
je ne m'aviserai pas de vous dire des nouvelles, ni les petites tracasseries de votre
académie ; mais je vous dirois que le
poète *Gros* a fait une pièce charmante
pour Bélombre : il faut que ce soit le chevalier qui vous la lise, sans quoi je vous
l'aurois envoyée. Ce chevalier a été enchanté de l'honneur de votre souvenir :
imaginez-vous tout ce qu'il vous répond,
et combien de complimens de tendresse
et de respects. Mes deux magistrats vous
disent aussi mille belles choses. Voilà à-
peu-près ce qui étoit accumulé. Mais voici
une affaire sérieuse que je prends la liberté de vous confier, Monsieur. Je vous
supplie de vous y employer avec toutes

les circonstances que j'aurai l'honneur d'ajouter à ma prière.

~~~~~~~~~~~~~~~~~~~~~~~~~~~~

LETTRE XXXI.

Ce 12 octobre 1733.

JE quitte Bélombre, Monsieur ; mais hélas ! *j'ai beau changer de lieu, mon soin est inutile* (c'est une vieille chanson). Je ne vous rencontre nulle part ; les bruits de guerre ne vous émeuvent pas ; je crains bien qu'un motif plus pressant ne vous retienne à Paris. La santé chancelante d'un père, dont l'âge et les infirmités tiennent dans une inquiétude continuelle, nous annonce une prolongation d'absence d'autant plus affligeante pour nous, qu'elle l'est infiniment pour vous. Je demande de vos nouvelles à tous ceux qui peuvent m'en donner, hors à

vous, que je n'ose interroger, vous sachant bien occupé. J'ai cependant eu
l'honneur de vous écrire pour deux petites
affaires, mais sans me formaliser, le
moindre brin, de n'avoir pas de réponse,
persuadée que ce n'est ni par oubli, ni par
indifférence. Aujourd'hui, par exemple,
me voici à la tête de tous les Castellane
du monde, commandeurs, chevaliers et
autres, pour vous apprendre la mort du
pauvre *Serre*, peintre, et vous demander
en grace d'employer tout crédit, et le vert
et le sec, pour placer notre petit peintre
Bernard, dont l'habileté, l'esprit, le caractère, la sagesse, vous charmeront
quand il aura l'honneur d'être connu de
vous. Qu'il vous doive son établissement,
je vous en conjure ; c'est une bonne et
très-bonne acquisition que vous ferez ; et
sans vouloir nous faire valoir, il est heureux que sa famille, le climat, et bien de

petites circonstances le fixent à Marseille;
il vous devra son bonheur, Monsieur :
n'en est-ce pas un que de faire du bien?
Il n'y a pas un moment à perdre; cette
place va être demandée avec empressement ; il faut gagner du terrain : c'est
ainsi qu'en partant je vous fais mes
adieux. Je quitte le plus beau temps du
monde : il semble qu'il le fasse exprès,
après avoir été sauvage et froid pendant
huit jours ; mais enfin je pars : je crois
que l'envie de voir passer toute une ar-
mée à Aix me détermine. Cette ville est
ordinairement si languissante , que je
crois que le mouvement lui siéra bien.
L... arriva hier au soir du château R... :
c'est le séjour des plaisirs. Le maître , la
maîtresse et leur fille sont avec mesdames de B....., de M..... et des hommes tout plein. Adieu, Monsieur; souvenez-vous que vous avez au bout du

monde une amie tendre et fidèle, et souvenez-vous aussi, s'il vous plaît, de l'intérêt qu'elle prend au petit peintre.

~~~~~~~~~~~~~~~~~~~~~~~~~~~~~~~~~~~~

LETTRE XXXII.

Ce 25 janvier 1734.

VOILA notre petit peintre, Monsieur ; je vous présente tour-à-tour tout notre monde ; je vous le recommande de tout mon cœur ; je le mets sous votre protection, et je crois que je n'ai rien à ajouter à tout ce que j'ai eu l'honneur de vous dire sur cet article.

M. *de la Farre* est arrivé galamment, et a surpris mère, femme, grand'mère, et surpris bien agréablement. On dine aujourd'hui chez le président *de Ricard* : j'y vois tout cela dans le lointain qui convient à mon âge et à mon humeur sauvage. Mais, Monsieur, vous savez ce que vous savez, et que mon cœur est près de vous et de tout ce qui vous appartient, avec une grande sincérité, et à toutes les épreuves dont je pourrois être capable. *Dixi*.

Je voudrois savoir par vous-même des nouvelles de ce pauvre *Olivier*, si vous l'avez vu, et comment cela s'est passé.

LETTRE XXXIII.

Ce 25 février 1734.

Je voudrois bien trouver quelque façon de vous témoigner ma reconnoissance, Monsieur, qui convînt, et qui fût assortie à toute celle que j'ai dans le cœur pour le bien que vous venez de faire au pauvre petit Bernard; vous en serez content, c'est un bon sujet; il répondra par son zèle à toutes vos bontés. Voilà qui nous acquittera un peu tous. Soyez bien persuadé , s'il vous plaît, que vous n'obligez pas une ingrate, et que vos bienfaits me pénètrent à un point qui vous acquiert mon moi tout entier. Si avec cela *Varages* est écrivain , je ne sais plus où donner de la tête. Ma grand'mère disoit en pareil cas, que quand on étoit obligé à quelqu'un, à un certain point , il n'y avoit que l'ingratitude qui pût tirer d'affaire. Je ne sens pas encore cette façon de penser à votre égard, Monsieur.

Madame votre sœur est jolie , gentille, aimable au dernier point ; elle se conduit très-bien ; elle a bien des devoirs à remplir, elle s'en acquitte , c'est beaucoup ; car tout cela n'est pas toujours ce qui plairoit à son âge. Soyez content, Monsieur , et jugez bien d'une petite ame dont les fonctions sont raisonnables ; elle

R

me fait l'honneur de venir quelquefois
passer les soirées avec moi, et il ne paroît pas alors qu'elle desire d'être mieux;
l'esprit de couvent s'efface, le sien paroît:
elle en a; et pourquoi n'en auroit-elle
pas? Le monde, la bonne compagnie
perfectionneront tout : elle est en bonnes
mains; elle est fort aimée dans sa famille:
et je dirois trop, si elle avoit quelque petite chose sujette à correction ; car on ne
'apercevroit pas, et ce seroit alors un
malheur. En tout c'est une fort jolie
femme, et le temps manifestera les qualités solides dont je la crois pourvue,
sans aucune flatterie ; vous savez combien je suis à elle et à vous ; je le lui ai
déjà bien témoigné, et je le ferai encore.
Il n'y a pas lieu à la confiance sitôt ; il
est même du bon esprit de ne la donner
qu'à propos. Soyez content encore une
fois. J'entends murmurer d'un second

voyage à Paris, Monsieur, cela est-il vrai? Quoi! Bélombre seroit encore abandonné cette année! quelle inhumanité! Si vous ne pouvez venir nous voir jusqu'au départ des galères, j'irai vous rendre visite, et par occasion à mes lilas.

Adieu, Monsieur : aimez-moi toujours, vous le devez un peu, c'est moi qui vous en réponds.

LETTRE XXXIV.

Du même jour.

LE chevalier m'accable : il est si aise, si content, si reconnoissant, qu'il ne sait où il en est; il voudroit me charger de tout cela, comme si je n'en avois pas assez pour ma part. O mon cousin! dites vous-même toutes vos affaires.

« Je suis si pénétré de reconnoissance, » Monsieur, du grand service que vous

» venez de rendre à notre petit *Bernard*,
» que je ne trouve pas de termes pour vous
» exprimer tout ce que je sens dans cette
» occasion. Je ne l'entreprendrai donc
» pas, et je vous ferai grace d'un compli-
» ment et remerciement dans les formes
» que j'avois d'abord imaginé de vous
» faire : permettez-moi seulement de vous
» renouveler ici les assurances de mon
» attachement et de mon respect ».

LETTRE XXXV.

28 février 1737.

C'EST une vraie curiosité, et premièrement une grande rareté, que de voir
un homme heureux ; en voilà un de votre
façon, Monsieur : dites-moi, s'il vous
plaît, si ce n'est pas une grande satisfaction que de disposer ainsi de l'ame d'un

mortel. Je ne cesse de vous louer et de vous remercier ; je vous ai baisé ce matin sur deux joues plus jolies que les vôtres , ne vous en déplaise ; mais elle a su que c'étoit à vous à qui j'en voulois : c'est la seule occasion où l'on peut être bien aise qu'un autre tienne votre place. Cette aimable sœur étoit à sa toilette ; *Bernard* lui a fait la révérence , et a pris une première idée du portrait qu'il fera d'elle , dès qu'il aura fini vos ouvrages.

On m'annonce le petit peintre parti ; je comptois lui donner cette lettre , il me semble qu'elle ne vaut plus rien par la poste : elle ira pourtant , et moi à vêpres. Adieu , Monsieur.

Le pauvre *Ligondès* est donc auprès de son père mourant.

LETTRE XXXVI.

Ce 11 mars 1734.

JE parle de vous, Monsieur, aux échos d'alentour, tant j'en suis remplie ; jugez-donc si j'en parlerai à M. le M. . . . . . . ; je vous assure même que ce sera ce que j'aurai de meilleur à lui dire ; il n'ignorera ni votre zèle, ni vos empressémens, ni tout ce que vous avez fait pour contribuer à le faire bien recevoir à Marseille ; et si tout cela ne perd pas de son prix en passant par moi, il vous en saura tout le gré qu'il doit. Il arrive aujourd'hui à deux heures à Aix : nous serons aux fenêtres de M. de la B. . . . . . , non pour voir passer un gouverneur de province, mais pour considérer des magistrats à cheval, en robe, chose qui sera curieuse.

Messieurs les procureurs du pays sont revenus d'Orgon, charmés de ce gouverneur, de ses bonnes façons, de ses politesses, dont l'une entr'autres a été de demander par écrit la harangue de l'assesseur, pour la porter à M. son père; il faut convenir que ce père fait beau jeu aux harangueurs : *Pouponne* s'en tireroit.

Vous arrivez donc de Toulon, Monsieur; vous avez dansé et soupé, vous quarantième, chez M. Mithon : vous avez un corps de fer; on ne peut pas vous tenir tête. Si nous étions assez heureux pour que vous eussiez quelque petite plaie, quelque petit ulcère, quelque charbon, quelque bagatelle de cette espèce, nous serions bien contens; et nous avons bien nos raisons pour cela, car voici le sieur Boismortier avec tous ses bistouris, qui se présente à vous plein de zèle et de transport.

En voilà assez ; voici une lettre immense ; j'ai plus de regret à la lecture qu'à l'écriture. Pardon, Monsieur ; si j'ai réussi il faudra que je mange les joues à madame *de Bonneval*. L'abbé *d'Oppède* est arrivé : le savez-vous? Pour moi, il y a huit jours que je suis enfermé dans mon couvent. Je ne sais que le *miserere*, que j'ai dit pour ces quarante libertins qui s'enivroient à Toulon. Il y en a un que j'aime bien : devinez-le, Monsieur.

LETTRE XXXVII.

Ce 30 mars 1734.

Tour est surprenant, Monsieur, dans l'affaire du sieur V...., hors vos bontés pour moi ; je les reçois avec une extrême reconnoissance, et je vous remercie de toute l'étendue de mon cœur, de la dernière marque que vous venez de m'en donner. Voilà deux grandes affaires finies, il ne reste plus que le pauvre B. M. : je vous le recommande de plus en plus, Monsieur. Je savois la promotion du sieur V. par une lettre de madame de....: la plus honnête et la plus jolie qu'on puisse imaginer. Cette circonstance doit être mise dans le nombre des surprises ; car ordinairement, ou point de réponse, ou papier et style de ministre ; ici c'est billet tout à fait doux ; enfin la grace est bien assaisonnée et complète. Je fis hier votre commission auprès du chevalier de Majastres : il est parti ce matin pour Marseille. Grand merci, Monsieur, grand merci, une fois, deux fois, mille fois.

Il y a quelques jours que je n'ai vu madame votre sœur ; mais c'est ma faute, et non la sienne. J'ai eu bien de petites affaires ces derniers temps-ci : vous en

allez voir de plus sérieuses, Monsieur:
l'arrivée des généraux, l'armement, le
départ des galères. Si vous avez quelques
momens à donner aux réflexions, convenez qu'un solitaire philosophe, si vous
ne le voulez pas mieux, est bien heureux,
qu'il épargne, par une totale séparation
des hommes, la vue d'une grande quantité de sottises et d'inutilités : il faut
non-seulement s'en séparer, mais s'en
éloigner ; le mauvais air pénètre les por-
tes et les fenêtres les mieux calfeutrées.
J'ai une grande envie d'être dans le bois
de Bélombre ; nous y raisonnerons, Monsieur ; et en attendant je vous suis et serai
toujours tendrement attachée, n'en doutez jamais.

~~~~~~~~~~~~~~~~~~~~~~~~~~~~~~~~~~~~~

LETTRE XXXVIII.

Ce 13 mai 1734.

Dieu soit loué, et M. l'intendant bien remercié de toutes les faveurs et marques d'amitié qu'il donne à sa très-humble servante remplie de reconnoissance, d'amitié, d'attachement et de tous les sentimens les plus sincères et les plus tendres pour lui. Reposez-vous, conservez-vous, Monsieur : je meurs d'envie d'avoir l'honneur de vous voir.

J'espère que Boismortier se rendra digne de vos bontés : il en est transporté.

~~~~~~~~~~~~~~~~~~~~~~~~~~~~~~~~

LETTRE XXXIX.

Ce 4 juin 1734.

JAMAIS, au grand jamais, on n'a vu un oubli et un silence si complet ; j'ai voulu voir jusqu'où cela iroit, et si quelques remords ne surviendroient point. Si j'avois trouvé une rime en *elle*, j'aurois parodié une jolie chanson, et j'aurois dit.

> Vole, tendre amitié, vole.....
> Et ramène avec toi l'infidèle.....

Enfin, les approches de Bélombre ont dégourdi le cœur, l'esprit, les doigts : on me craint si on ne m'aime, et sûrement j'appesantirai bien ma main sur les oublieux. Il faut pourtant avouer ma foiblesse. La nouvelle de venir habiter le château Mont. Grand m'a furieusement désarmée, et sans un vilain *si*, c'en étoit fait ; mais si

ce *si* a lieu , je reprends toute ma colère ,
et je la mets en croupe pour vous suivre
et accompagner à Paris , où sa fonction
sera de troubler tous vos plaisirs , et de
vous faire vivre de remords. J'ai été bien
malade pendant cinq ou six semaines ; je
vous conterai tous mes maux. Les B. sont
à B. où l'on croyoit vous voir. La B. est à
D... : tout le monde part , et moi aussi ,
dans huit jours. J'attends ma fille ; elle
attend la santé de son mari , qui est
déplorable depuis quelque temps ; mais
enfin tout s'est terminé à un gros rhume,
appelé coqueluche , qui a son cours , et
dont on entrevoit la fin. Je serai charmée
de voir mesdames de.... ; mais il faudra
s'arranger , car vous savez que Bélombre
est comme Marly : nous parlerons de cette
affaire à fond. Vous gardez bien long-
temps madame votre sœur ; vous avez
grande raison , et elle aussi : quelque ai-

mable qu'elle soit, elle gagne auprès de
nous : c'est mon sincère avis. Mais qu'elle
ne me fasse pas le mauvais tour de revenir à Aix quand j'en partirai : en attendant je lui fais ma très-humble révérence.
Adieu, Monsieur, j'ai plus d'envie d'a-
voir l'honneur de vous voir et de vous
embrasser, que je ne veux vous le dire.

Et les grandes nouvelles, et les grandes
morts, qu'en avez vous dit ? que de pâ-
ture pour les allées de Bélombre !

LETTRE XL.

Ce 8 juin 1734.

Mon Dieu ! Monsieur, dans quelle situation devez-vous être, et mesdames de
B. ? il n'y en a jamais eu de si cruelle. Je
la partage de tout mon cœur, et je vous
assure que cette nouvelle m'a jetée dans

une tristesse dont je ne reviens point.
Quelle espèce de victoire où tout le
monde périt. On est ici dans une peine
mortelle ; il n'y a point de famille qui ne
soit intéressée à cet événement , et ceux
qui savent leur sort sont moins à plaindre que les autres. Le courrier d'aujour-
d'hui nous apprendra ces funestes détails.
On attend aussi des horreurs du côté de
l'Allemagne. Pourquoi donc tant de sang
répandu ? Il n'est pas possible que je vous
parle d'autre chose. Je ne verrai pas
tout-à-fait de sitôt les bords de l'Euvonne ;
je ne pourrai guère partir que vers la fin
du mois ; je regagnerai ce temps en octobre. Soyez persuadé , Monsieur , que
j'ai grande envie de vous voir ; soyez-le
aussi de la part que je prends à vos inquiétudes ; assurez-en , je vous prie, mesdames
de.... Dieu veuille que nous ayons tous
de bonnes nouvelles.

~~~~~~

LETTRE XLI.

Ce 11 juin 1734.

JE vous félicite, Monsieur, je vous félicite, Mesdames; convenez que vous êtes bien heureux, au milieu d'un carnage et d'une tuerie sans exemple, de ne pas voir une égratignure à votre cher enfant, à votre cher mari, à votre cher beau-frère. J'ai bien partagé vos inquiétudes; je partage bien sincèrement votre joie. La pauvre madame Do.... étoit mourante; elle est enchantée. Mais quel combat, quelle espèce de victoire! Aura-t-on le courage de chanter un *Te Deum?* il faut au moins que ce soit sur l'air du *De Profundis.* Dès qu'on demande des nouvelles de quelqu'un: il est mort, voilà la réponse. Je suis en peine du petit...: donnez m'en, je

vous prie, des nouvelles; et ce pauvre
C.... ô mon Dieu! et tant d'autres, et
M. de M.... Voilà qui est effroyable.
Vous serez bien généreuse de donner une
larme aux malheureux, ayant par-devers
vous une si grande fortune. Nous n'avons
pas laissé de donner ici un grand bal la
même nuit de cette nouvelle, et sous les
fenêtres des affligés. Nous sommes tout
héroïques, et nous ne nous soumettons
pas aux foiblesses humaines. Adieu, Monsieur, adieu Mesdames; jouissez tranquillement de vos prospérités et d'une
bonne santé. Je vous fais à tous ma très-
humble révérence : j'ai bien envie d'être
à Bélombre.

LETTRE XLII.

Ce 25 juillet 1734.

LE précurseur Verdun suivra de près cette lettre, Monsieur ; il vous porte un exemplaire de celles de madame de Sévigné, que je vous prie de recevoir comme un petit amusement que je vous présente pour les momens de loisir que vous aurez au bord du fleuve Euvonne ; je n'ai cet ouvrage que depuis quatre jours, et je n'ai trouvé personne pour vous porter mon présent. Verdun va balayer, nettoyer, meubler et m'annoncer : son retour à Aix décidera de mon départ ; mais à vue de pays je crois que ce sera pour lundi 2 août. Je mène ma fille, et son mari suivra de près ; je mène le B.... Da.... et le Chevalier. Jetez un coup-

d'œil sur le château de Bélombre, et
voyez, Monsieur, si je puis recevoir
mesdames de..... et de la.....; il y a
une impossibilité morale ; j'en suis au
désespoir; mais puisque vous disposez du
palais M..., ce seroit là une bonne ressource. Enfin réglez et arrangez le voyage:
je serois bien fâchée qu'il échouât ; mais
je n'y puis contribuer que de mes desirs
et de mon petit ordinaire. Je donnerai de
tout , hors des lits dont je n'ai point , pas
même la place: vous le voyez. On dit
que madame de B.... arrive demain : est
ce au pluriel ou au singulier ? et ne trou-
verois-je plus l'aimable cœur ? cela seroit
barbare. Mon Dieu ! Monsieur , pensez-
vous bien à la quantité de choses que nous
avons à dire? j'en suis étouffée et pressée.
Je compte les jours, et les heures, et les mo
mens; et celui où j'aurai l'honneur de vous
embrasser me sera aussi bien agréable.

LETTRE XLIII.

Du mardi au soir, 4 août 1734.

Comment vous appelez-vous?

D'où venez-vous?

Quel cheval montez-vous?

Quelle rivière avez-vous passée?

Où êtes-vous arrivé?

Que portiez-vous?

Qui avez-vous rencontré?

A quelle enseigne avez-vous logé?

Qu'avez-vous mangé?

Dans quel lit avez-vous couché?

Addition.

Quelles femmes avez-vous vues à L...?

Qu'y a-t-on fait?

Qu'y a-t-on dit?

A-t-on songé à Bélombre?

N'y reviendrez-vous plus?

Or cela étant dit, voici du sérieux.
M. l'abbé Calibeau, mon très-cher ami,
homme d'esprit et de mérite, se présente
à vous, Monsieur; je vous prie de le recevoir dans la grande perfection; il s'en va
à Gênes trouver la princesse de Modène;
ayez la bonté de lui donner bon et sage
conseil sur ce voyage. Ira-t-il s'embarquer à Antibes, ou s'embarquera-t-il à
Marseille? auroit-il quelque bon bâtiment
tout prêt à partir? Enfin, je mets cet abbé
sous votre conduite; ayez-en bien soin:
il vous donnera un écrit admirable que je
vous supplie de m'envoyer sur-le-champ
par un de vos gens, bien enveloppé et ca-
cheté, c'est-à-dire, le papier: car si vous
alliez cacheter le porteur, cela ne seroit
pas trop chrétien. Je n'ai qu'un jour pour
lire cet écrit; ainsi il ne faut pas perdre
un moment, s'il vous plaît. Je prendrai
la liberté de vous l'adresser quand je le

renverrai, et vous aurez la bonté de le faire remettre à l'abbé. Tout ceci est un peu difficile à comprendre ; mais avec de l'esprit on en vient à bout. Hélas ! Monsieur, ce pauvre Bélombre, vous en souvenez-vous? c'étoit un bon temps que celui-là ; que de choses se sont passées depuis ! Le chevalier de Castellane est fort vieilli; l'abbé Poule s'est morfondu sur les livres; il est devenu asthmatique. Poupoune est mariée : cette petite fille que vous avez laissée, faisant des poupées; elle a épousé un seigneur napolitain qui a cinq cent mille livres de rente : il est bossu, mais d'ailleurs très-bien fait. Ce beau parc de Bélombre est mort de vieillesse : c'est à l'heure qu'il est une grande prairie où paissent des moutons, des vaches. Il y avoit un certain endroit qu'on appeloit Belle-Isle : eh! bien, c'est à présent un beau collége de Jésuites : voilà le

changement que produisent les années.
Bon soir, Monsieur; on soupe; je n'ai
pas là un intendant pour me tenir compagnie, et je vous écris ne sachant que
faire.

~~~~~~~~~~~~~~~~~~~~~~~~~~~~

LETTRE XLIV.

Ce 24 septembre 1734.

Je date mes regrets de plus loin que
Marseille, Monsieur; j'ai quelqu'envie
même de n'y pas comprendre le temps
de dissipation, de tumulte, d'embarras
d'esprit et de corps, et de transporter tout
à Belle-Isle et à Bélombre, séjour de la
paix et de la tranquillité, et à qui appar-
tiennent de droit les chagrins de la séparation. Tout ce qui s'est passé depuis n'a
fait que fortifier en moi le goût de la retraite, de l'aimable et petite société, des

mœurs douces, et de l'amitié pure et sincère. Je suis persuadée que vous pensez
tout de même, et c'est ce qui m'attache
encore plus à vous, Monsieur. N'appelez
point cela mes bontés, je vous en prie,
vous m'obligeriez à parler des vôtres ;
nous ne finirions plus, et nous tomberions
dans les complimens: langage que le cœur
n'entend point. Vous connoissez le mien
pour vous, au moins je m'en flatte, ainsi
recevez-en toutes les marques qu'il peut
vous en donner, qui sont bien bornées
quant aux effets; mais bien étendues par
la bonne volonté. Je suis très-fâchée sans
être étonnée des dernières folies du pauvre
C....; je l'ai toujours cru hors de son bon
sens. Je crois qu'il faut songer bien sérieusement à mettre son adversaire en
sûreté; tôt ou tard ce misérable périroit.
Ce sera donc jeudi que nous aurons l'honneur de vous voir, Monsieur ; il y aura

un petit dîner chez moi, vous en userez comme il vous plaira, et M. le duc *d'An-ville* aussi. Je n'ai pas bien compris s'il va à B..., ou si vous y allez seul. On disoit que notre courrier étoit arrivé : vous me l'auriez dit. Tout est en mouvement ici, vous n'en doutez pas, et que tous les esprits ne soient agités dans l'attente de ce qui sera réglé et arrangé. Nous en dirons davantage jeudi ; souvenez-vous, s'il vous plaît de *Ferraud,* et continuellement de nous, mère, fille et cousin. La fille souffre toujours. Cette lettre, écrite dès ce matin, je reçois à midi la vôtre, Monsieur, par un garde qui va à B.... Me voilà éclaircie sur le fait de M. *d'Anville.* Je vous attends mercredi de pied ferme, depuis la première aube du jour jusqu'à la dernière. Pouvez-vous croire, Monsieur, qu'il y ait quelque heure de jour ou de nuit où ma porte ne vous soit ouverte?

T

~~~~~~

LETTRE XLV.

Ce 13 janvier 1735.

VERDUN, que je gronde toujours de ne pas faire tout ce que j'ordonne, m'obéit quelquefois trop tôt. Il vous envoya hier, Monsieur, un panier contenant des citrons de Vence, d'une figure singulière, sans avis et sans lettre de ma part. C'est à M. *Duhamel* que j'adresse cette galanterie ; je suis bien aise de vous en avertir ; il aime les fruits rares : en voilà, au moins par la figure. Mais ce qui seroit digne de sa curiosité, c'est cette plante qui a empoisonné tous les solitaires de Notre-Dame-des-Anges, et dont l'effet a été si singulier : on dit qu'on l'a envoyée à l'Académie des Sciences. Nous possédons un des plus illustres membres de ce corps fameux. Il

devroit donc se faire apporter de ce lé-
gume, dont il y a quantité dans le jardin
de ces Pères, et en faire l'anatomie.

On m'a dit que madame votre sœur
avoit des maux de reins, qu'elle gardoit
le lit, et que madame de.... la garderoit
aujourd'hui; pour moi je suis dans les
vapeurs, dans les souffrances, et bonne
à rien. Je vous écris par un matelot qui
ne me donne pas seulement le temps de
finir. Adieu, Monsieur.

LETTRE XLVI.

Ce 17 janvier 1735.

Vous avez bien fait de l'honneur à nos
monstres citrons, Monsieur, leur ambition ne passoit pas Marseille : nous les expo-
sions à la curiosité de M. *Duhamel*, voilà
tout : et les voilà eux-mêmes à la cour :

ils seront bien étonnés. Mais puisque vous aimez ces choses-là, vous n'en manquerez pas; ma fille m'en envoya il y a un an de bien plus extraordinaires. Il y en avoit deux, j'en ai perdu un, l'autre est mutilé; mais je vous l'enverrai : c'étoit une main parfaite; le pouce est perdu. Je l'aurois mis dans cette lettre sans qu'il se seroit brisé. Je le donnerai à un homme qui part aujourd'hui; vous verrez comme la nature se joue. J'ai deux petites graces à vous demander, Monsieur; toutes deux me sont demandées, l'une par M. *de Caumont*, l'autre pour M. *de Rousset.* Celui-ci voudroit savoir le détail de la mort du pauvre bailli, dont il ne sait pas un mot; quelle étoit sa maladie, combien elle a duré; qui l'a vu, traité; quels remèdes on lui a faits; s'il a été confessé; en un mot tout ce qui appartient à cet événement. Le pasteur ou

B. M. vous instruiront, et je vous demande bientôt cet éclaircissement.

Le Caumont voudroit le rapport du chirurgien qui a traité les empoisonnés : il est de Marseille ; ainsi il peut vous être aisé de me donner de quoi satisfaire cette curiosité.

Je vous en prie, et bientôt ; ne m'allez pas oublier, moi qui suis tout le jour avec vous dans ma Thébaïde, dont je parcours les landes avec vous. Madame de.... vient passer la soirée dimanche avec moi. Son médecin, son confesseur lui ont ordonné ce régime de temps en temps : repos, dit l'un ; ennui, dit l'autre : moyennant quoi, vie heureuse en ce monde et en l'autre. Savez-vous que le chevalier de.... a la lieutenance du roi, ou commandement de Landau ? Madame de.... est saignée et garde sa chambre, j'aurai l'honneur de la voir ; elle me fit

celui de venir chez moi ; je trouvai en
elle un changement très-considérable :
elle est toute posée , toute considérée ; ses
discours ont totalement perdu l'air du
couvent , et le ton aussi. On écoute les
autres; on répond juste ; on ne bat point
la campagne ; on ne parle point continuellement nippes. Je crois qu'en vous disant
tout ce qu'on ne dit et ne fait plus , c'est
vous dire ce qu'on disoit et faisoit ; mais
il n'y a qu'honneur quand tout est corrigé.
On jette de petits propos sur le bonheur
unique de bien vivre avec un mari ; on
veut partager son temps entre une grand'-
mère où l'on s'ennuie , et avec une tante
où l'on se divertira modérément ; car on
veut conserver et ménager beaucoup sa
grossesse : enfin, Monsieur, je fus charmée : on ajoute des choses tendres et po-
lies pour sa belle-mère. Je vous félicite
de tout cela ; mais je vous gronde de ne

me l'avoir pas annoncée , car vous vous en étiez aperçu. Je crois que vous aurez bientôt cette sœur , dont vous avez l'idée comme de la femme qui ne se trouve point ; quand je dis que vous l'aurez , vous entendez bien *le figuré, elle existera*, je ne crois pas que vous l'ayiez avec madame de...: nous voulons nous aimer infiniment.

Voilà ce que ma fille vient de me mander sur les citrons. On dit , Monsieur , que vous avez été à Aix ; je n'en sais rien, je ne vous ai ni vu ni parlé ; vous le voyez bien par cette lettre.

LETTRE XLVII.

Ce 19 janvier 1735.

CECI est pour vous dire, Monsieur , que vous recevrez une de mes lettres bien belle, bien conditionnée en faveur d'un M. qui m'a été recommandé. Vous entendez ce jargon, et vous avez le contre-coup de tout l'ennui qu'on me donne : c'est un plaisir qui satisfait ma malice. Bon jour, Monsieur : citrons, oranges, monstres, mère, grand'mère, Poupomme, tout est à vous.

Grand merci de la relation ; elle partira demain.

~~~~~~~~~~~~~~~~~~~~~~~~

LETTRE XLVIII.

Ce 3 février 1735.

Il me semble, Monsieur, que vous me devez une réponse, et moi des tabatières de Bergamotte. Je m'acquitte pour huit ; il en viendra d'autres, et pour des monstres, il en arrive sans nombre ; jamais la terre n'en avoit jamais tant produit ;

c'est apparemment pour vous plaire. Dès que je les aurai, je les ferai partir pour Marseille. Mais vous devriez bien en faire un petit brin ma cour à M. *de Maurepas* : je vous tiens quitte des autres. Je vous félicite de la bonne compagnie qui vous arrive : je vous permets bien à présent de m'oublier ; mais auparavant vous me devez assurément une lettre.

J'attends à tous les instans le M. D...: S'il faisoit beau, vous devriez mener votre compagnie à Bélombre : M. *Péne* a les clefs d'en bas.

Adieu, Monsieur ; j'ai encore bien des choses à vous dire, mais vous n'avez pas le temps de les entendre.

~~~~~~

LETTRE XLIX.

Du jeudi gras, 7 février 1735.

Monsieur l'intendant veut-il bien me donner un petit moment d'audience? sans quoi plus de monstres, plus de boîtes, plus de greffes, et ma disgrace par-dessus le marché : or, écoutez donc, s'il vous plaît. Ce Bélombre me tient en cervelle cruellement, et le silence profond de M. me désespère : il n'y a que vous, Monsieur, qui puissiez redonner un peu de mouvement à son esprit, à ses doigts et à sa langue : vous savez, ou vous ne savez pas, et vous le saurez quand il vous plaira, qu'il y a de grands projets de bâtimens pour le Bélombre, bâtimens si nécessaires à ma vie, remarquez bien *à ma vie*, que s'ils ne se font point, il faut

renoncer à la campagne pour cette année.
J'ai prié, crié, supplié que l'on commençât cet ouvrage, afin qu'il pût être
sec, et en état d'en pouvoir jouir. Un
maçon malade, ceci, cela ; en un mot
je n'entends parler de rien. Pour l'amour
de Dieu, envoyez quérir mon cher *Pône*,
et ayez la bonté de mettre un peu toute
cette besogne en train ; mais ne l'oubliez
pas, et faites-moi un quart de réponse. Je
ne parle plus de chemin, c'est l'affaire
de madame la première présidente, et
si elle ne s'en tire pas bien, elle aura affaire à moi. Je vous prie de lui dire de
ma part que tout languit ici en son absence, jusqu'à moi qui n'en jouis point,
mais qui l'aime et la respecte de tout mon
cœur, et monsieur le premier président
aussi ; pour lui je vous assure que madame est bienheureuse de ma caducité.
M. Da.... arriva à midi avec le déluge ;

il ne sortit point de l'arche; il dîna et
soupa bien, joua avec les poupées de
Pouponne, et hier à six heures du matin,
onze chevaux de poste lui portèrent le
rameau d'olive qui le fit partir; mais je
le crois actuellement dans quelque bour-
bier. Vous avez des fêtes, vous avez des
bals, vous avez des plaisirs, et vous avez
mon très fidèle attachement, Monsieur.

LETTRE L.

Ce 12 février 1735.

Mon Dieu! Monsieur, que j'ai été inquiète de madame de B.! sa maladie a
été annoncée ici d'une façon terrible. Je
suis charmée que vous en ayez été quitte
pour la peur : elle est grosse, apparemment; il faut bien ménager les premières
grossesses : je lui fais cent mille complimens avec votre permission. Me voilà

inquiète de vous à présent ; vous n'êtes
point fait pour être garde-malade ; votre
délicatesse ne doit point suivre les mou-
vemens de votre bon cœur : conservez-
vous, au nom de Dieu ; car malgré toutes
mes fureurs, je vous aime tendrement :
cela ne vous fait pas grand bien, dont je
suis bien fâchée.

Je souhaite de tout mon cœur que vos
affaires s'arrangent de façon à ne partir
que quand vos parens seront arrivés. Si
nous gagnons le mois de mai, je vais me
planter chez vous pour quinze bons jours,
pour aller tous les matins en donner un
aux lilas de Bélombre : je m'en fais un
grand plaisir ; mais vous m'échapperez,
et alors je renonce aux lilas.

Adieu, Monsieur. B. M. est comblé
de vos bontés, et moi aussi. Je ferai usage
de votre réponse pour mes deux requêtes,
et c'est tout ce que j'en veux.

~~~~~~

LETTRE LI.

Ce 21 février 1735.

NE faites faute, Monsieur, cette lettre reçue, de donner une place à celui dont voilà le mémoire. Le nom est effacé, mais cela n'y fait rien; ne laissez pas d'accorder la demande; c'est pour le plus joli garçon du monde. Je ne l'ai jamais ni vu ni connu; il m'est recommandé par une personne que je n'ai jamais ni vue ni connue, et le tout m'a été donné par l'abbé de Saint-Andiol, mon cousin-germain; et à cause du cousinage, je vous prie de m'écrire en sérieux que ce que je vous demande est impossible, afin que je puisse montrer et lui lire votre lettre. Ce n'est pas tout, Monsieur, voilà le M. chevalier de Castellane, qui vous prie de le faire

archer de la marine ; il s'acquittera fort
bien de cet emploi, ou, si vous voulez ;
il en fera exercer les fonctions par un de
ses amis, nommé *Musel*, grand, beau ;
bien fait, qui a servi dans la maréchaus-
sée. M. *Dumont*, qui vous rendra ceci,
est, comme vous savez, rempli de talens
et de mérite, il veut que je vous le recommande ; mais je l'assure qu'il est tout
recommandé auprès de vous, qui l'honorez de votre estime et de votre amitié :
continuez-lui donc vos bontés.

Pourquoi ne voulez-vous point me répondre sur deux articles considérables :
l'un qui regardoit vos affaires, et ce qu'il
falloit que je répondisse ; l'autre sur la
prière que je vous avois faite de voir un
peu ce pauvre *Castellane Adhémar*, et de
vous faire instruire de sa triste situation ;
et pourquoi elle étoit telle qu'il me l'a dépeinte ? Enfin je ne puis pas tirer un mot

de vous, Monsieur, sur tout cela ; j'en suis en colère un petit brin. Est-ce que vous ne m'aimez plus? est-ce que je ne suis plus de vos secrets la grande déposi-taire? Je suis toujours pourtant bien à vous.

~~~~~~~~~~~~~~~~~~~~~~~~~~~~~~~~

LETTRE LII.

Ce 23 février 1735.

Le pauvre B. M., surchargé de sa res-pectueuse reconnoissance envers vous, Monsieur, desire que je lui aide à vous la témoigner, et je le fais de tout mon cœur, et d'autant plus volontiers que je m'intéresse réellement à la fortune de ce garçon. Il a du mérite tout plein et est très-habile. Madame *de Vence* en sait des nouvelles, et criera comme un aigle à vos oreilles, soit pour demander, soit pour remercier. Voilà donc la mère et la fille dans les remerciemens; et celle - ci n'étant à autre fin, je vous souhaite, Monsieur, mille tendres bonjours.

⁂⁂⁂⁂⁂⁂⁂⁂⁂⁂⁂⁂⁂

LETTRE LIII.

Ce 15 mars 1735.

MONSIEUR de la B. se porte à merveilles, Monsieur, et il est fort en état de lire les nouvelles de sa mort. Il étoit, il n'y a que trois jours, à E..... Il faut apparemment que ce soit une mort subite, si bien répandue à Marseille, qu'un de ses concitoyens étant venu ici hier matin, et ayant rencontré ce prétendu mort, il fit un cri épouvantable, comme d'un revenant. Je ne comprends rien à ce funeste et faux bruit. Il est, au reste, très-sensible à votre sensibilité, et m'a priée de vous en témoigner sa reconnoissance.

V

Je souhaite passionnément que *Majastres* perde son procès contre le marquis de *Lévi*. Il fait bien de le solliciter, et moi bien de desirer qu'il perde. Il n'est pas en état de s'embarquer assurément; et cette commission ne paroît pas exiger une sorte d'empressement qui aille jusqu'à hasarder sa vie : c'est là mon idée. J'ai eu l'honneur de voir madame *de Bonneval;* elle est très-bien; mais elle est très-grosse : c'est une maladie à part qui doit avoir son cours. Voilà donc mademoiselle B. . . . . . . congédiée; il n'y a de mal à cela que d'avoir trop tardé à faire cette expédition. La petite sœur est, en vérité, pleine de douceur et de raison. Vos affaires traînent en longueur : d'où viennent-elles donc, Monsieur? De traînerie en traînerie pourrions-nous gagner les lilas? si nous y parvenons, je cours, je vole. Mais il y a un préliminaire dont je

vous confie le secret et la conduite : c'est
qu'il faut que M. de V..... ne le sache
pas : amenez donc d'un peu loin ce voyage
et cette visite que vous exigez de moi , et
que nous ayons toute sorte de permission
et d'approbation. Le V. est extrêmement
délicat en fait d'amitié. Je vous abandonne cette affaire , traitez-là , je vous en
prie , avec lui , de façon que je n'aie nul
embarras de vous aller voir et de loger
chez vous. Je m'en fais un délice , à condition que vous serez bien persuadé qu'en
m'ayant , vous n'avez personne ; il faut
de plus que je sois avertie des premiers
lilas. Enfin , Monsieur, conduisez-moi ,
et aimez-moi toujours , et cela parce que
je vous suis fidèlement attachée. Quand
vous saurez quelque chose de nos vice-
rois , dites-le-moi , s'il vous plaît.

Si vous pouvez faire perdre le procès
de *Majastres*, faites-le, Monsieur.

LETTRE LIV.

Ce 27 mars 1739.

REVOILÀ M. B., Monsieur: il n'étoit pas question de cors, au moins aux pieds, mais de quelque chose de plus considérable. Je vous remercie de tout mon cœur de m'avoir envoyé ledit sieur, et je trouve que vous avez très-bien pensé d'apprendre son art. Je me présenterai pour la première expérience, après laquelle il faudra peut-être me couper les deux jambes; mais c'est une bagatelle.

Diantre! comme vous allez vous goberger à ce B.... quelle chienne de vie! n'y oubliez pas tout-à-fait les pauvres solitaires d'Aix. Embrassez pour moi ce pauvre D..., je vous en prie, je vous le rendrai ici; mais peut-être ne serez-vous

pas touché de cette restitution : vous ai-
meriez mieux celle de S.... Je vous la
souhaite, Monsieur.

~~~~~~~~~~~~~~~~~~~~~~~~~~~~~~~~

LETTRE LV.

Ce 14 avril 1735.

Ne vous fâchez point, ne me grondez
point, ne me jugez point, ne me con-
damnez point ; je n'irai point voir les lilas, la chose est devenue impossible ; la
providence en ordonne autrement. J'ai
des affaires momentanées que je ne puis
abandonner d'un clin - d'œil ; j'ai tout
plein d'infirmes autour de moi, et d'in
firmités en moi : il me faut la pleine canicule ; je veux espérer que nous serons
comme l'année passée. Donnez-moi de
vos nouvelles et de vos affaires : n'accablez pas de vos regrets quelqu'un qui

en est farci. Il ne faut plus faire de projets
agréables. Si vous ne me rendez pas justice,
vous serez dans le comble de l'ingratitude. Je n'ose lever les yeux sur ces campagnes. Voilà un temps à souhait ; tout
contribue à me désespérer ; et de tout ce
que je perds, rien ne me touche tant que
la niche jaune : croyez-le bien, Monsieur.

Madame de.... a fait de moi une men-
tion très-honorable et très-aimable dans
une lettre à madame de B....; je vous
prie de l'en remercier quand vous lui
écrirez. Permettez-moi de mettre ce billet
pour B.... M...; et permettez-lui de faire
un petit tour à Aix. Adieu, Monsieur.

Je vous supplie, Monsieur, de vouloir bien dire tous mes chagrins à M. P....:
j'avois trop de plaisir de voir ses ouvrages.

~~~~~~~~~~~~~~~~~~~~~~~~~~~~~~~~~~~~~

LETTRE LVI.

Ce 28 avril 1735.

Vous m'accablez, Monsieur ; vous n'avez point de charité et fort peu d'équité : pouvez-vous douter du plaisir que je m'étois fait de vous aller voir, d'être chez vous en toute liberté, de jouir de toutes vos bontés, de votre belle maison, de cette jolie niche jaune, de causer avec vous aux heures que vous auriez eues libres ; d'être sûre que je suis avec un ami à qui je puis tout dire, et de qui j'aime à tout écouter? Hélas! Monsieur, c'est-là le seul bonheur de ma vie. Je ne vous parle pas de mes lilas; ils n'étoient que prétexte. Et qu'est-ce que je préfère à tout cela? de vilaines affaires qui sont à Paris, qui sont dans leurs crises, pour lesquelles il faut d'un courrier à l'autre être alerte pour ne pas perdre l'instant de la conclusion. D'ailleurs le sieur B. M.... vous dira dans quel état il m'a trouvée. Un accès de goutte et de rhumatisme. Il n'y a point de moine plus chargé de chemises de laine que moi; je suis flanelle de la tête aux pieds, les doigts en souffrance: enfin c'est un état déplorable; mais c'est la moindre de mes raisons. B. M.... a mis mes pieds en état de marcher; c'est quelque chose. Il n'y a pas moyen de nommer ce pauvre garçon sans vous le recommander, Monsieur. Il vient de perdre sa femme qu'il adoroit; il a sept petits enfans; rien ne peut le consoler ni adoucir tant de peines que l'honneur de votre protection; il en a besoin plus que jamais; il est pénétré de vos bontés, et j'y ai pour lui une entière confiance; mais je me satisfais en vous le recommandant tout de nouveau.

Convenez, Monsieur, qu'il y a bien loin de M. de Marseille à M. de S. Papoul, et que ce seroit un beau miracle de les rapprocher : Dieu sait qui a raison. Les hommes se partagent ; la vérité est dans le fond de son puits, et nous aurions grand besoin qu'elle parût, et qu'elle vînt nous éclairer. Appliquez, Monsieur, ce que nous en connoissons et ce que nous pouvons en avoir en nous, aux sentimens tendres et fidèles que je vous ai voués. Le chevalier, *Pouponne*, madame *de Vence* vous disent des choses infinies.

~~~~~~

LETTRE LVII.

Ce 3 juin 1735.

COMMENT vous portez-vous, Monsieur ? comment croyez-vous vous porter ?

Deux questions distinctes et séparées

x

sur lesquelles je vous supplie de satisfaire ma tendre curiosité.

Si votre santé, Monsieur, si vos affaires, si vos plaisirs, si vos distractions même vous permettent de jeter un coup-d'œil de votre cabinet sur Bélombre, oserois-je vous demander votre avis, et tout de suite votre secours pour l'exécution du projet que j'ai formé pour mon nouveau salon, qui ne vous plaît pas, dont je suis *moult* attristée? Le voici : puisqu'il ne mérite pas votre approbation, il ne mérite pas de meubles ; d'ailleurs je ne veux point en faire davantage. J'ai donc imaginé un lambris, une peinture, tout ce qu'il vous plaira, dans le goût de votre petit arrière-appartement, un peu plus orné, et différent de ma salle à manger. Je crois que cela vaudra mieux que tout blanc. Vous voudriez peut-être des moulures, des encadrures : vous avez raison ; mais cela coûte trop : je suis dans une réforme étonnante ; j'en ai assez fait. Ayez donc la bonté de parler un peu avec M. *Péne* de tout ceci ; et si tout de suite cette besogne pouvoit être faite avant mon arrivée à Bélombre, c'est-à-dire, avant le commencement de juillet, cela me seroit bien agréable, surtout si vous vous en mêlez, Monsieur. Oui, sans doute ; sinon je prendrai patience. Pardon mille fois.

Avez-vous lu Pope ? avez-vous lu Hyacinthe ? avez-vous la clef des portraits du marquis de C.... ? ne trouvez-vous pas cet ouvrage admirable d'un homme de vingt-deux ans ? Nous avons tout cela ici, et un chevalier de L......, arrivé depuis deux jours, fort aimable, et que vous devriez venir voir. Mille bonjours.

Monsieur, permettez-moi de mettre

ici ce billet pour M. P. Ne m'aimez-vous pas toujours un peu ?

~~~~~~~~~~~~~~~~~~~~~~~~~~~~~~~~~~~~

LETTRE LVIII.

Vendredi 1735.

Voici une journée qui me perce l'ame. Monsieur T.... commença hier au soir la blessure. Je vis tout d'un coup Belle-Isle, Bélombre , nos pauvres petites soirées , nos innocens plaisirs, notre tranquillité, nos petites crêmes, notre lait, notre vache. Et qui va succéder à tout cela de votre part ? Paris, un tumulte, un fracas; les occupations domestiques chamarrées de la cour, des ministres : vous voilà. Et moi, un pauvre malade que je ne puis ni voir, ni ne pas voir, mon cher voisin de Bélombre à deux cents lieues au bout du monde. Je vous avoue que j'ai le cœur dans un serrement et une tristesse dont je ne vois pas la fin. Laissons tout cela, parlons de ce jourd'hui.

Je vous le consacre tout entier, non pour exiger que vous le passiez avec moi, mais pour ne pas perdre un instant de tous ceux que vous pourrez ou voudrez me donner.

Tout le jour à le voir, et le reste à l'attendre, dit fort bien l'*Europe galante*. Disposez donc de moi comme il vous plaira, et croyez bien que tout ce que vous avez vu, voyez, et verrez, ne vous aime pas tant que moi assurément.

LETTRE LIX.

Ce 28 juillet 1735.

QUE vous importe, Monsieur? et que m'importe à moi-même quel pays j'habite , dès que nous sommes à deux cents lieues l'un de l'autre ? Je suis toute perdue , toute isolée , toute seule ; tous mes amis , ou malades , ou mourans , ou absens. Je gèle , j'étouffe alternativement, et à deux ou trois heures l'un de l'autre. On dit que je suis à Aix : je n'en sais rien ; je ne puis y demeurer , ni en sortir. Point de goût pour Bélombre , parce que Belle-Isle est désert. Point de gîte en passant à Marseille; point de compagnie à mener ; enfin je ne sais où j'en suis. On m'annonce cependant que lundi, premier jour d'août , il y aura à ma porte une chaise de poste, que je m'y jetterai, et que j'irai où il lui plaira. Si c'étoit au marais, j'en serois fort aise ; mais ce sera apparemment sur les bords de l'Euvonne.

Je ne saurois vous dire autre chose de vos parens , Monsieur , sinon qu'ils sont adorés dans ce pays-ci, jusqu'au plus pe-

tit cadichon , et qu'ils font bien tout ce
qu'il faut pour l'être , chacun dans leur
district. Madame.... est un prodige d'attention , de politesse , de bonté ; elle con-
noit tout le monde dès la première fois ;
elle sait que dire à toutes les femmes ;
elle joue comme la reine doit jouer ; elle
fait beaucoup de dépense ; une table qui
ne désemplit point ; une grace et une aisance à tout cela qui en augmentent le
prix. Pour moi , je ne la vois point : car
vous comprenez bien que les talens qui
attirent le monde me bannissent de chez
elle. Nous nous complimentons de loin ;
nous faisons des projets de petites parties
fines quand tout ce tumulte sera passé :
vous voyez où tout cela va. Madame votre
sœur est l'enfant chéri de la maison : mais
cela sera bien importun ; car moyennant
cette affiliation , nous ne pouvons pas
aller faire notre récolte, semer nos grains

et habiter nos campagnes ; mais nous irons
à Toulon , nous reviendrons à la guinguette de madame la P. P. , et nous ne tâ-
terons ni de.... ni de.... où la belle-mère
est déjà. Celle-ci a une autre espèce de
rôle de faveur : ce sont des heures de
nuit ou du matin , les temps de maladie
ou d'incommodités, point celles du grand
monde. La cousine.... se glisse aussi. En
un mot cela paroît prendre ce train là ,
comme on l'avoit prévu : cela est naturel,
et très-bien , si le public l'agrée. Brûlez
ceci , je vous en prie.

La B.... est à sa seconde résurrection :
il étoit retombé, réenflé, révaporé ; il est
sec à présent. On a changé de route ; il
prend du chocolat , des cordiaux , des
spiritueux , et point de laitues. Nous tâ-
tonnons un peu , et ne connoissons point
le principe et le fond du mal. On se sou-
vient donc encore de moi , Monsieur :

j'en suis autant charmée qu'étonnée. J'espère bien que vous aurez répondu de mes sentimens pour mesdames de Villars et D.... Adieu, Monsieur : vous m'aimez un peu : vous faites très-bien ; car on ne peut assurément vous être plus fidellement attaché que je ne le suis. Les cousins et Pouponne voudroient bien vous dire combien ils vous respectent et vous regrettent.

LETTRE LX.

Ce 8 août 1735.

Il y a tout plein de choses dans la vie qui font plaisir et déplaisir en même temps. Tel est aujourd'hui, Monsieur, ce que vous m'annoncez pour...... Il partit hier pour aller Marseille, faire la cour à nos parens : il est difficile qu'il ignore vos bontés, et ce qui se prépare ; mais il n'en fera pas d'autre usage que d'être bien reconnoissant et bien confiant, et ne se donnera aucun mouvement. Le secret d'ailleurs sera très-gardé. Je le perdrai, voilà ce qui m'afflige, et sur-tout dans un temps où réellement je suis toute fine seule. L'amitié me retient ici; j'ai voulu voir ce que deviendroit la B........, et je n'ai pas voulu l'abandonner : il est à sa troisième résurrection; mais l'expérience du passé ne laisse pas pénétrer la joie et l'espérance dans nos cœurs.

Vous connoissez les soixante et douze petits malheurs qui arrivent tous les jours à chaque homme. En voici un : c'est d'écrire une page, de tourner le papier, et de trouver une demi-feuille : avec les honnêtes gens on refait sa lettre.

Que vous me faites peur, Monsieur, avec vos trois petits vers ! Comment donc ! est-ce là l'allure que vous allez prendre pour votre retour? Plumé, boiteux : oh! cela est insupportable; vous avez fait quelque. . . . . . (j'ai pensé dire sottise, et je ne sais que mettre à la place) que vous ne me dites point. Vous aurez cent mille relations du voyage de M. et de madame. . . . . à Toulon, à B. . . . et à Marseille. Je n'en sais pas tant que vous. Je crois qu'à la fin j'irai à Bélombre, et ce sera *Pouponne* desséchée qui me fera marcher. Il faut aller au pressé. Aix est un vrai désert; le chevalier seul me reste; tout ce qui m'entoure est décampé, et je fais une vie très-mélancolique. Tout est tranquille ici. Le P. P. est un homme admirable; il conduit tout ceci avec une dextérité charmante. Voyons la fin, vous avez raison; mais il faut que le feu provençal agisse dans toute son activité. Que j'ai envie de vous revoir, Monsieur! elle est à un point que vous ne sauriez comprendre. J'ai besoin de mes amis, et quand je les ai, je n'en fais pas assez d'usage : ainsi est fait le monde. Les vaisseaux sont là, que deviendront-ils? de la rade au port : cela seroit bien joli. Aimez-moi, Monsieur, vous le devez; car assurément j'ai pour vous un attachement bien solide, bien fidèle et bien tendre.

LETTRE LXI.

Du samedi 10 septembre, pour lundi 12, 1735.

Je voudrois savoir tous les jours de vos nouvelles, Monsieur, à quoi vous en êtes de vos affaires, si vous finirez, si vous êtes bon, si vous êtes méchant, si vous lâchez tout, si vous vous soutenez. Enfin, l'intérêt que je prends à vous ne sauroit être ni plus vif ni plus sincère; et de là il

arrive que l'ignorance où je suis m'afflige :
et cependant j'élève mes mains au ciel
comme *Moïse :* tirez-moi, s'il vous plaît,
de cette posture génante.

Je n'ai que des horreurs à vous apprendre de ce pays-ci. La B...... à la
dernière extrémité ! j'attends à tous les
instans sa mort ; et son état est tel que ce
moment soulagera ses amis. L'étrange
aventure de M. le P. P. vous affligera
véritablement : on ne peut rien imaginer,
en-deçà de la mort, de plus cruel que de
voir brûler jusqu'aux cendres une maison
étrangère et d'emprunt, au hasard d'être
brûlé soi-même dans une campagne, sans
secours. Je ne sais encore tout cela qu'im-
parfaitement ; mais ce que je sais, c'est
que celui qui a été cause de ce malheur,
quel qu'il soit, mériteroit une grande pu-
nition. Cette affaire va coûter un argent
immense, et des soins et des inquiétudes.

Voilà un début en Provence qui les en dégoûtera ; pour moi, ici dans ma solitude, j'en suis émue, touchée, en colère, comme si cela me regardoit. J'ai écrit à madame de. . . . . . pour lui faire mon compliment ; elle me contera apparemment le détail de cette aventure. J'attends ici lundi, qui est après-demain, jour que cette lettre partira, M. le P. de R. . . . . et je n'ai eu jusqu'ici que D. . . . . . et le chevalier, c'est - à - dire rien, au moins pour le dernier, car il court les bastides. Il fait un temps à souhait. Je me trouve très-bien de la solitude, et avec tout cela les matins et les soirs commencent à être froids et humides ; ma machine s'en ressent, et quittera tout ceci à la fin du mois. Si vous étiez à. . . . j'irois passer huit jours avec vous à la ville : si je vis, ce sera pour l'année prochaine.

Voici, Monsieur, une très - humble

requête ; quelqu'intérêt que j'y prenne ,
je ne voulois point m'en charger absolument , ni vous importuner. Mais on m'a
assuré que ce jeune homme , de trente
ans pourtant , vous étoit connu, qu'il
vous avoit été présenté , que vous l'aviez
trouvé digne de votre attention , et tel
que vous les voulez à présent , de bonne
famille , de figure avenante , belle écriture , mœurs excellentes , en un mot ,
toutes les perfections que vous exigez ;
de plus quatre places vacantes : on m'a
dit cent fois cette parole qui m'impatiente
toujours: « Un mot de vous, Madame, un
« mot de vous à M..... et tout est fait. »

Je le dis donc ce mot, Monsieur, et j'y
ajoute sincèrement et véritablement , si
vous pouvez me faire ce plaisir, j'y serai
très-sensible. Je suis un peu honteuse de
vous importuner si souvent ; mais que
faire? c'est le malheur de la place où

vous êtes d'avoir une madame de S. . . .
à vos trousses, et qui veut ce qu'elle veut.
Je n'affectionne pas tout, de même, vous
sentez bien quand le cœur parle ; il est
ici par rapport aux personnes qui se sont
adressées à moi. Faites - moi donc cette
grace, je vous en conjure, et que l'article de votre réponse se puisse détacher
de la lettre que j'espère que vous m'écrirez, afin que je la montre. Si elle donne
de l'espérance, j'en aurai joie et reconnoissance. Adieu, Monsieur ; portez vous
bien ; aimez-moi toujours. Les cousins et
Pouponne vous font la révérence très-
humble : et moi que n'aurois-je pas à
vous dire? Vous savez ce que je vous suis,
Monsieur, et combien tendrement.

La B. . . . . . est toujours plus mal ; il
est aux abois ; il n'attend plus que le dernier moment. Je vais dans ce moment à
la ville : que n'y êtes-vous, Monsieur !

LETTRE LXII.

Ce 17 octobre 1735.

La date de votre lettre met du baume dans mon sang, Monsieur; vous voilà donc au.... Terre aimable, terre desirée, jouissez-en longues années. Je vous rends mille graces pour la pauvre B. M....: c'est votre ouvrage, Monsieur, il faut le finir, s'il vous plaît.

Vous renvoyez bien loin votre retour; je voudrois fixer le soleil qui me brûle dans ce moment pour vous recevoir ; vous ne serez, en nul lieu du monde, vu et embrassé avec autant de sincérité et de tendresse que dans ce petit cabinet, soyez-en bien persuadé. La *Pauline* qui court les cheminées d'autour de Paris ne ressemble guère à celle qui vous attend; et

Y

par-dessus bien des années, et les chan-
gemens qu'elles apportent. Il m'en sur-
vient tous les jours, depuis quinze jours
que je suis de retour à Bélombre, par une
petite chose tierce qu'on ne veut pas honorer du nom de fièvre, mais vapeurs qui me
tracassent, qui me minent, et qui occu-
pent ma pauvre tête au point de n'en pouvoir rien tirer. La B.... est un cadavre
tout pourri qui n'a plus que la voix; mais
elle est si forte, que l'on croit qu'il ira
encore loin. Adieu, Monsieur. *Pouponne,*
le chevalier, tout cela vous respecte et
vous aime; et moi je finis, car je n'en
puis plus, ayant encore cent mille choses
à vous dire.

Je n'ai pu aller encore au pavillon rendre mes devoirs à madame de....; elle
vint l'autre jour me voir, mon beau salon,
mon beau soleil. Nous étions trois: aimable conversation! elle y fut deux heures,

et quand elle voulut partir, je l'arrêtai et je lui dis : demeurez, Madame ; peut-être que de plus d'un an vous ne serez si bien ni en si bonne compagnie. Que dites-vous de mon effronterie? Et cela étoit vrai. Ils sont toujours bien aimables, vos chers parens. M. P.... vous donnera peut-être quelque chose pour moi; vous voudrez bien vous en charger. Ne lui laissez pas ignorer votre départ, s'il vous plaît.

LETTRE LXIII.

Ce 14 novembre 1735.

Vous avez bien raison, Monsieur, de me croire extrêmement affligée de la mort du pauvre la B.... Si vous saviez ce que je perds, vous en connoîtriez toute l'étendue : les fonctions de son amitié ne ressembloient pas à celles des autres. On peut trouver un ami tendre, solide, se-

cret (celui-là est plus rare) ; mais véri-
dique jusqu'à la brutalité, ne vous passant rien, prévoyant tout, grondant toujours, et cependant ne mettant jamais d'humeur dans ses gronderies, ni de soupçon du
principe dont elles viennent : où trouve-t-
on tout cela ? Je crois à présent faire autant de sottises que de pas. Mais vous,
Monsieur, vous perdez aussi plus que
vous ne pensez. Cet homme vous étoit
infiniment attaché ; je puisois dans sa
bonne tête les petits avis que je prenois la
liberté de vous donner quelquefois. Enfin
nous n'aurons qu'à nous bien tenir tous.
Au surplus, la dose de mon attachement
pour vous, mon cher Monsieur, n'a pas
besoin d'un renfort qui nous coûte tant ;
mais je suis bien sensible à la pensée qui
vous est venue de vouloir remplir ce vide.
Je l'accepte de tout mon cœur ; mais
grondez-moi quand le cas y écherra : je

ne vaux rien que battue. Dieu écarte bien de moi tous les soutiens humains : vous voilà à deux cents lieues, D.... à mille, et celui-ci avec un nouvel emploi dont je suis bien aise assurément, mais qui me l'ôte totalement; car il voudra exactement résider à...., et c'est pour moi comme s'il étoit à Cadix. Enfin, il faut faire comme on peut, et s'attacher à ce qui est immuable. J'entends votre logogriphe, mais point du tout les raisons qui ont écarté l'aimable Anglaise, dont je suis bien fâchée. Vous me direz tout cela quelque jour, et moi je vous garde bien des choses : aussi je suis dénuée de secours pour l'écriture. Le chevalier est chez son père, D.... est à Caderousse, reste *Pouponne,* qui est bien touchée de l'honneur de votre souvenir, mais qui ne peut encore me servir. Mes yeux sont foibles, *ergo* je vous quitte. Il n'est plus

question de vapeurs ; cette chose tierce
étoit venue sans savoir pourquoi ; elle est
demeurée un mois sans se nommer ; elle
est partie sans prendre congé , et on
ne lui a opposé ni médecin ni médecine : quelques bouillons de poulet ont
fait l'affaire. Et savez-vous ce que c'é-
toit ? (Je vais vous dire bien du mal de
moi.) Les grandes frayeurs du tonnerre
qu'il n'a point fait, m'avoient gâté le
sang à Bélombre ; de façon que, par ordre
des médecins, on me fait une cache actuellement , et bien d'autres petites affaires qui vous surprendront ; et pour le coup
je suis à vous au mois de mai prochain.
M. de la.... tient l'assemblée : Madame
n'y est point, et je dîne avec elle aujour-
d'hui chez les B.... Madame votre sœur
est à sa campagne, et moi à vous, Monsieur, avec une fidélité et une tendresse
inexplicable et bien vraie.

~~~~~~~~~~~~~~~~~~~~~~~~~~~~~~~~~~

LETTRE LXIV.

Ce 16 janvier 1736.

Voici, Monsieur, une grande affaire, mais affaire des plus sérieuses qui aient passé par vos mains, et sur laquelle il faut, s'il vous plaît, ne me point éconduire : écoutez bien.

Voici une lettre de l'abbé P.... qui est bien jolie ; elle est déjà ancienne, dont je suis honteuse. Je n'y ai point répondu ; cela est trop fort pour moi. J'avois chargé le marquis de.... de ce service , et de me faire une jolie épître ; il ne laisse pas de versifier assez bien ; mais soit paresse, soit que mon style soit trop relevé, et qu'il n'ait pas

Fait les muses à son badinage,

il a planté là cet ouvrage. On crie cependant à A.... où j'ai annoncé une ré-

ponse, et dit qu'on se donnât patience.
Mais qui la fera, cette réponse? ce sera
M. d'H..., oui, lui-même. Il connoît les
acteurs, il sait l'aventure du pont S.G....
contée par M. de R...., de belles basti-
dannes qui en passant firent de grande
éclats de rire en voyant lui, et **L. B.** qui
se redressoit, **q**ui se campoit sur sa
canne, qui rajustoit sa perruque.

L'aventure de D.... est que passant un
jour maigre à dîner au moulin de Vernè-
gue, on lui offrit du gras aussi-bien qu'à
la compagnie, qui le refusa; et alors la
maîtresse du logis en colère leur dit:
Messieurs, vous faites bien des façons.
Il y a là-haut un P. C. qui n'en fait pas
tant, et qui mange à lui tout seul une
bonne perdrix et une bécasse. Or, ledit
révérend avoit la face large comme la
lune, et vous le connoissez bien.

Pour *Pouponne*, cela s'entend; le baron, le chevalier et mon estomac : vous entendez tout cela. Il faut donc, et je vous en supplie, nous tirer de ce mauvais pas. Souhaitez une bonne année dans son goût à cet abbé, de la part de tous les nommés, et sur-tout ne rien faire de trop beau, car il ne nous faut qu'un badinage ; et celui qui a mis l'Euvonne dans un sceau est seul capable de répondre à cette lettre. Mais il nous la faut bientôt, et comme cet ouvrage doit être celui d'une imagination vive et prompte, les premiers traits font notre affaire. Ne dites pas *non*, pour l'amour de Dieu. On ne vous déclarera point si vous voulez, et je m'engage d'avance à adopter l'ouvrage. Adieu, Monsieur ; ne craignez point les négligences : c'est moi qui parle, et vous savez nos priviléges.

Renvoyez-moi la lettre de l'abbé, je vous en prie : personne ne sait tout ceci.

z

~~~~~~

LETTRE LXV.

Ce 25 janvier 1736.

O MONSIEUR! quel présent! le beau présent! le magnifique présent! le rare présent! Dieu vous le rende. Je ne m'attendois pas ni à la promptitude, ni à la perfection de cette faveur. J'en fais de toute façon et en tout sens le cas que je dois, et vous en remercie de toute l'étendue de mon cœur.

Vous avez défendu à M... de passer à Aix, mais non pas de revirer de bord. Le diable le bat un peu; il va à Marseille, où tout est, dit-on, en mouvement, pour être employé à une expédition. Je souhaite que mon cousin le soit, puisqu'il le desire avec tant d'ardeur. Le voilà; il vous dira lui-même ses pensées.

Me voici pour vous donner mille tendres bonjours. Je crois qu'il est inutile de
vous recommander mon cousin, et de
vous prier de lui rendre dans l'occasion
présente vos bons et utiles services. Vous
savez, Monsieur, qu'il mérite un peu
vos bontés, et vous n'ignorez pas l'intérêt que j'y prends.

<hr />

LETTRE LXVI.

Ce 26 février 1736.

Voila des monstres, Monsieur ! j'en
ai gardé un petit brin pour envoyer au
marquis d'A.... qui se mit à mes genoux
pour en avoir. Mais je ne vous ai point
fait de tort, et ce sera la dernière fripon-
nerie ; vous aurez dorénavant tous les
monstres du pays Vençois. Madame de
V.... se flatte que l'âge, la maladie, et

les austérités la mettront bientôt au rang des monstres qui vous sont destinés.

Je vous pardonne, Monsieur, de ne pas écrire, dès que vous promettez de venir parler vous-même ; venez donc, et ne nous traitez pas plus mal que Toulon, où vous avez fait un séjour agréable et fort honnête.

Dans la quantité de graces que je vous demande, vous sentez bien le degré de part que j'y prends: ordinairement c'est point du tout ; mais par-ci, par-là, il y a des choses qui me tiennent au cœur, et qui en partent. Il y en a une de cette espèce ; mais je ne veux pas vous la dire tout-à-fait ; je veux seulement vous prier de me mander loyalement, cordialement, et sincèrement, si vous avez quelque vue et quelque engagement pour la place de *Gerbier*. Je sais que le R. P.... lorgne cette place, qu'il a des protections : sa

rôbe n'en laisse pas douter. Mais peut-
être ne voudra-t-on pas revêtir d'un emploi le membre d'un corps qui s'attribue
tout, et qui tient bien ce qu'il tient une
fois ; raison qui devroit éloigner ce Père
dans cette occasion. Mais tant y a , est-ce
là votre choix, votre goût, votre penchant ? Dites-le-moi vrai , et selon votre
réponse , je parlerai ou me tairai ; et cependant je vous prie de me garder le secret de tout ceci.

Je vous fais mon compliment, Monsieur, sur le beau mariage de mademoiselle.... je vaque à un gros rhume qui
m'a empêchée d'aller rendre mes devoirs
à .... mais on y est bien persuadé , du
moins je m'en flatte , de ma sensibilité
pour tout ce qui les touche.

Et vous, Monsieur, ne savez-vous pas
bien que personne ne vous est plus attaché
que moi ?

Madame de *Vence* vous remercie de son portier. Si je voulois, je me plaindrois bien ; mais c'est à M. de *Sineti* que je dois mon mécontentement.

Et nos chemins de Bélombre, Monsieur, y travaille-t-on ? Il ne faut pas rendre inutile les bontés de madame de.. : vous y êtes intéressé pour Belle-Isle.

~~~~~~

LETTRE LXVII.

Ce 28 février 1736.

Il est vrai qu'il peut y en avoir qui ne sont pas assez monstres, et d'ailleurs trop desséchés. J'ai pensé ne pas envoyer les cinq ou six que je vous ai volés pour le M. d'A...; il n'en sera point content. Enfin que faire ? N'est pas monstre qui veut ; mais aussi vous aurez par la première occasion douze tabatières odoriférantes : je les ai, les voilà.

Mon secret, le voici. Il y a un M. *Gérard*
dont la physionomie plaît, c'est tout ce
que mon ignorance peut connoître ; mais
on dit que c'est un sujet excellent, et
d'une habileté infinie dans le génie. C'est
celui-là que je voudrois mettre sous votre
aile : voudriez-vous le voir ? voudriez-
vous le tâter ? voudriez-vous le prendre
sous votre protection ? voudriez-vous le
faire causer en tiers entre vous et M. du
Hamel? en un mot, voudriez-vous qu'il
concourût avec le R. P.? je ne vais qu'en
tâtonnant quand il s'agit des gens de cette
robe. Mais ce que vous me dites à ce
sujet me donne le courage de suivre la
conversation. Je m'intéresse à ce *Gérard;*
mais je soumets tout à votre inclination,
à vos lumières et à vos projets.

Ne pourrois-je point savoir, Monsieur,
à quoi en est Bélombre? car, chemin faisant, je serois bien aise de voir mes bâti-

mens : je vous conjure de m'en faire donner quelques nouvelles.

~~~~~~~~~~~~~~~~~~~~~~~~~~~~~~~~~~~~~~~

LETTRE LXVIII.

Ce 1ᵉʳ mars 1736.

Voici de beaux monstres tout nouveaux et tout frais, Monsieur ; je les confie à un M.... qui promet de vous les rendre ce soir. Dites-moi, s'il vous plaît, s'il l'aura fait, et si vous avez été content de ceux-ci.

J'ai bien envie de m'adresser à vous, Monsieur, pour une commission ; certaine bastide meublée au bord de la mer me fait prendre cette liberté, parce que j'y ai vu ce qu'il me semble qu'il me faudroit : ce sont des rideaux de fenêtre bien gros, bien vilains, bien chauds, bien à bon marché, pour une chambre au franc et froid nord, qui n'est destinée que pour des cousins sans façon, ou des gens d'affaires. Il ne s'agit que d'être couché et de ne pas transir de froid. Je ne veux donc rien au-dessus de quatre ou cinq sols, le pan, mais chaud, bon, grossier, etc., vous m'entendez. Elles sont deux, ces fenêtres, et j'irai peut-être jusqu'à la portière, si vous en usez bien avec moi. Avant de cacheter ceci, mon tapissier me donnera la largeur et hauteur des fenêtres et porte. Je suis un peu honteuse de vous donner pareille commission ; mais le *Tasse* dit de *Renaud : Alta non teme, humile non sdegne.*

Je m'enfuis ; je ne saurois soutenir ma confusion.

～～～～～～～～～～～～～～～

LETTRE LXIX.

Ce 8 juillet 1736.

Je crois, Monsieur, que si vous pensez à moi parfois, vous pensez bien que je pense beaucoup à vous dans la conjecture présente. Mon Dieu! quelle aventure! Ce sont des occasions où il faudroit être ensemble et parler continuellement. On s'intéresse de toutes parts, on souffre, on craint, on ne sait où l'on est; on ne s'arrête pas en chemin, on perce dans l'avenir, on rencontre ses amis par-tout, et M.... à chaque pas. Dieu soit loué. Je vous assure que cette vie est pénible à passer. Je ne sais plus où j'en suis de mon départ. J'attends, je ne sais pas quoi, ni qui; mais enfin j'attends quelques jours. Je suis déroutée sur votre départ aussi ; il m'étoit important de vous voir dans Marseille même : je ne vois plus qu'un étang.

Cependant , Monsieur , j'ai une grace à vous demander : c'est une réitération ; vous me ferez réellement plaisir de me l'accorder. Madame de *Vence* se vante que vous ne lui refusez rien ; et moi, glorieuse , je ne veux pas m'aider d'elle.

La voilà , cette grace dans ce petit mémoire que je vous prie de lire. Je ne croyois pas , la première fois que j'eus l'honneur de vous en parler, m'y intéresser autant que je le fais aujourd'hui. Je vous donne mes bons et tendres bonjours , Monsieur. Je dîne demain avec M. et madame de. . . . . J'ai beau vous y inviter , vous ne m'écoutez pas.

~~~~~~

LETTRE LXX.

Ce 8 août 1736, en plein Marseille.

JE vous remercie, Monsieur, de m'avoir donné de vos nouvelles : j'en savois ; mais c'est toute autre chose d'en savoir par vous-même , et d'apprendre que vous vous portez bien , et que vous m'aimez toujours. Je trouve que cela allant bien , tout va bien. Il n'en est pas de même des pauvres habitans de Bélombre , pour la santé s'entend ; toutes sortes de guignons sont tombés sur cette malheureuse guinguette , en même temps que la brûlante canicule ; le léger bâtiment n'a pu résister aux flammes qui le dévoroient , et nous avons été obligés d'en sortir avec des insomnies , des dégoûts , des coliques ; bref , je pris mon parti un beau matin ; je remis *Pouponne* au *Valentin Villemont*, et je vins me réfugier chez madame *de Gessant*, qui, avec une amitié extrême, m'a reçue dans son appartement frais. J'y ai dormi; mais l'impression du chaud que j'ai souffert, m'a laissé des coliques et des vapeurs fatigantes. Je ne mange point, et bref, je crois que je vais m'en retourner bien fort à Aix, pour être chez moi. *Boismortier* est mon unique Esculape, et me tâte bien le pouls : c'est tout ce que je veux de la médecine. Ce pauvre garçon se recommande toujours à vos bontés, et je vous les demande bien sincèrement pour lui. Il a des ennemis si diables, que ne sachant plus que lui faire, ils lui donnent une petite intrigue avec sa servante, qu'ils assuroient épousée ; ils ont été bien penauds quand ils l'ont vu mariée convenablement à son état, et bien éloignée de son maître, qui est la sagesse même : les

hommes sont par trop méchans. La lettre
du roi à sa maman est charmante, et je
vous suis bien obligée de me l'avoir envoyée. Le cœur, le sentiment, tout est
là comme dans un honnête particulier,
cela est rare. Le M. d'A. . . . me mande
toutes les alarmes qu'on a eues sur
M. *de Penthièvre*; il a reçu ses tabatières.
J'écrirai à M. le comte quand je partirai.
Je compte que vous aurez eu la bonté de
me nommer à votre G. . . . . . . Je porte
avec vous les détresses domestiques :
mais, Monsieur, armez-vous de courage, et même d'une décente indifférence, je vous en conjure.

LETTRE LXXI.

Bélombre, 25 août 1736.

M'y voilà, Monsieur; mais, hélas! où
sont mes voisins? On nous promet un beau
mois de septembre. Ce n'est point un
compliment, je ne m'accoutume point à
votre absence. Votre lettre m'afflige et
me console; j'y vois de tout. Calmez-
vous, tranquillisez-vous, au nom de Dieu,
et revenez nous voir. Je dînai lundi à
Bouc avec M. et madame de..... Il y
eut grand jeu qui a duré bien avant dans
la nuit; pour moi j'arrivai, je dînai
et je repartis. J'ai séjourné à Marseille
pour aller voir notre pauvre malade qui
est pis que jamais. Les vapeurs se sont
tournées en frénésie, en rage, en hurle-
mens, le tout sans perdre raison et con-

noissance. On ne sauroit soutenir ce spectacle. Il me fit dire de m'en aller après
avoir été deux minutes avec lui d'un cri
à l'autre. Si on se présentoit à contre-
temps, il vous étrangleroit. Cette pauvre
famille est complètement désolée. Je re-
vins tout de suite à Bélombre, trempée
de larmes. Je ne crois pas que ce pauvre
homme puisse aller loin. M. *Dumoulin*
pouvoit se dispenser de le faire tant crier
pour nous renvoyer à *Joannis*, qui avoue
n'y entendre rien. Votre amitié dans cette
occasion est ce qu'il y a de plus essentiel.
Le pauvre *Ranché* se meurt. J'ai vu *Lau-*
bépin, qui me paroît se mourir aussi, ou
peu s'en faut; il a bien du courage assurément; il me parla de votre apparition
au Mollard, et de vos grosses bottes, qui
lui firent croire qu'il lui arrivoit un courrier de cabinet. Il vous aime fort, et nous
parlâmes de toutes vos perfections: il n'y

a que vos amis qui vous trouvent des défauts, parce que n'en ayant que contre
vous, il n'y a que ceux qui vous aiment
bien qui les aperçoivent, et qui en soient
choqués. M. *de Glene* doit venir à Bélombre ; j'en serai ravie. Madame *de*
Vence est si dévote, qu'elle craint la dissipation de Bélombre : elle y viendra un
instant, à ce qu'elle promet. J'ai encore
cent choses à dire, mais je m'ar-
range. Je gronde *Verdun*, je gronde
Blave, je gronde tout le monde ; vous
voyez bien qu'il faut que je vaque à toutes
ces affaires sérieuses : rien ne l'est tant
que mon attachement pour vous, Monsieur. Voilà *Pouponne* qui veut que je
vous fasse ses petits complimens.

A a

~~~~~~

LETTRE LXXII.

Ce 28 août 1736.

Il est vrai, Monsieur, que vous m'avez permis d'aller loger chez vous ; il est vrai que j'y aurois été dans la grande perfection ; il est vrai que je n'y ai point été : voici mes raisons. Premièrement, vous n'y étiez point : je n'en devrois point dire d'autres. Plus on aime le maître, moins on peut souffrir sa maison quand il n'y est pas. Tout rappelle tristement l'absence, ce grand et immense palais m'a fait peur ; je m'y serois trouvée ou crue toute seule : mes vapeurs exigeoient quelque petite société les soirs. Eh ! le moyen de fermer votre porte ? Eh ! le moyen de l'ouvrir ? Il faut pourtant qu'une porte soit ouverte ou fermée, vous le savez. Ce jardin charmant a trouvé mon imagination frappée de certaines vieilles erreurs de serein qui m'ont effrayée ; bref, j'ai trouvé chez madame *de Gessane* tout ce qui m'étoit nécessaire. Je vous en ai , Monsieur, les mêmes obligations; vos reproches sont très-aimables. Mademoiselle..... m'en a fait aussi. Enfin , je vous remercie de tout mon cœur. Je quitte tout ceci demain, je vais recevoir votre ami *d'Orves* à Bélombre; j'y serai au moins autant que lui, et plus, si ma santé ne devient pas plus mauvaise. J'aurai *Boismortier* les soirs , avec la permission du maître. Il faut me tâter le pouls, il faut me dire que je n'ai rien ; il faut , en un mot , me traiter en enfant : cela est pitoyable; ma première enfance étoit bien plus raisonnable que celle-ci. Vous me mandez de si grandes et si belles nouvelles, qu'il n'y a pas moyen de les croire tout d'un coup. Je m'arrête aux amours de *Daphnis* et *Chloé*, c'est-à-dire, F....... et V....... Je crois cela, par exemple, et j'attendrai encore quelque temps pour tout le reste.

LETTRE LXXIII.

Ce 5 septembre 1736.

Vous n'avez fait tout cela que pour en venir à votre ami le lait ; c'est votre foible, c'est votre fort, c'est votre endroit sensible ; c'est un baume qui adoucira tous les aigres, qui calmera le sang quelquefois agité ; mais c'est quelque chose aussi qui ôte, je crois, un peu de l'extrême vigueur du corps. N'en usez donc que quand vous aurez courageusement embrassé le célibat, ou n'en usez pas trop si vous en devez sortir : voilà mon avis. Je suis à Bélombre, Monsieur, et actuelle-

ment il est survenu une pluie abondante
sans tonnerre. J'y suis avec notre cher
d'O. . . . . . . ; nous parlons beaucoup de
vous. A cela on répond : je suis en bonnes
mains : cela est vrai ; mais aussi ne vous
flattez pas qu'on ne dise pas quelque mal
de vous. Ces mains ne seroient plus si
bonnes, ni amies, si elles ne semoient
que des fleurs. Ce qui doit vous faire plaisir, c'est que vos belles, grandes et solides qualités se présentent toujours, et
que les petits défauts se font chercher et
trouver avec peine : moyennant quoi
nous vous aimons et nous vous estimons
beaucoup, et vous devez nous aimer et
nous compter au nombre de vos fidèles
amis.

Je m'associe pour raison avec mon
ami D. . . . . . J'ai tout plein de mérites
et de vertus quand je suis là. Votre jar-
dinier est en faction chez vous, Mon-

sieur : lui et son fils donneront quelque
coup-d'œil au jardin de Bélombre ; ce
sera pour récréer votre vue autant que la
mienne, et je ne laisse pas de vous être
obligée de toutes les facilités et permis-
sions que vous nous donnerez sur cela.

J'ai reçu dans une boîte remplie de toutes
sortes de nippes masculines , les deux
plus jolies petites serrures d'Angleterre
qui en soient jamais venues : il y manque
deux vis et les écussons ; mais nous tâ-
cherons d'imiter messieurs les Anglais.

Il est arrivé un accident à mes pauvres
petits livres que vous avez eu la bonté de
donner à M. Vital. On lui a saisi à la
douane de Lyon , et les siens et les miens,
par des ordres tous frais moulés, d'examiner tout ce qui est imprimé. Tout est
donc dans cette douane ; il n'a pas eu le
temps d'attendre. Il a recommandé cette
affaire à un marchand de Lyon , dont il

ne sait même le nom. Bref, j'ai écrit à
M. P., et je n'ai qu'une chose à craindre,
c'est qu'il ne soit pas à Lyon ; en ce cas
j'aurai recours à vous, Monsieur. Ces
petits livres sont rares, chers et précieux,
et destinés à *Pouponne*. Voilà de grandes
raisons d' vouloir les retrouver.

Vous ne savez donc rien encore de
votre destinée , Monsieur ? Mais mon
Dieu ! que vous parlez bien sur tout cela,
et sur les hommes, et sur la confiance en la
pureté de la conscience et des intentions !
Comment la délicatesse et la sensibilité
peuvent - elles pénétrer dans une ame
munie de principes si justes et si vrais !
Quand irez-vous à votre charmante maison, ou pour mieux dire château ? Je le
desire pour vous, et que tous les bonheurs du monde vous arrivent , mais
sur-tout celui de penser quelquefois que
ceux de ce bas monde ne sont pas les vé-

288 LETTRES

ritables ; et je vous laisse avec ce petit
trait de morale, Monsieur, et vous em-
brasse sans façon de tout mon cœur.

Tous les habitans de Bélombre vous
font la très-humble révérence.

~~~~~~~~~~~~~~~~~~~~~~~~~~~~~~~~~~

LETTRE LXXIV.

Bélombre, 12 septembre 1736.

SINETI a perdu son père : j'ai toujours
peur d'apprendre la première ces sortes
de tristes nouvelles. Permettez-moi donc,
Monsieur, pour éviter tout inconvénient,
de vous adresser mon compliment, dont
vous ferez l'usage qu'il conviendra, et
pardon.

M. de V.... aumônier de.... est, au
respect de son caractère, un grand imbé-
cille. Je ne peux pas retrouver mes livres ;
M. P. m'a mandé qu'ils n'étoient point

à la douane, et me demande d'autres signalemens. Sur cela j'écris à ce bon prêtre : il me répond qu'ils n'ont point été saisis à la douane, mais par des gens préposés pour examiner les livres. Mais qui sont-ils, ces gens? à qui avez-vous parlé? recommandé? Point de réponse. Il ne sait pas le nom de celui à qui il a recommandé ces livres, et il est parti tout de suite. J'ai récrit à M. P..., et je le prie de deviner.

Accordez-moi, Monsieur, une grace ; je vous la demande à genoux ; elle intéresse des personnes que vous honorez de votre estime.

C'est le pauvre *Gros*, mon voisin de Bélombre : donnez-moi une place pour un garçon qui est de bonne famille sans beaucoup de bien ; élève, enfin, élève ne se refuse pas ; il parviendra, s'il le mérite : c'est une autre affaire, et ce

sera la sienne : vous ferez une œuvre
admirable. Ce sera peut-être la fortune
de qui n'en peut espérer d'ailleurs, et
peut-être établirons-nous cette pauvre
Nanon, qui le seroit, sans doute, si la
vertu, la sagesse, et le mérite étoient
comptés ; mais ce n'est pas la mode. Il
arrive cependant que, par des coups de
hasard et de fortune, quelqu'un venant
à desirer de certaines places, les acquiert
par faveur, et les partage avec les personnes qui les ont obtenues. Or, voyez,
Monsieur, le grand bien que vous ferez,
et quelle obligation, moi qui vous parle,
je vous en aurois. Je vous demande un
grand secret, je vous en conjure ; mais
un petit mot de réponse : vous n'en faites guère aux articles de mes lettres. Je
vous avois parlé du nommé *Fabre*, qui
vous a été recommandé par monsieur de
Villemont et par moi, pour une place

d'archer chez vous, Monsieur ; vous l'avez fait espérer, et puis plus rien.

Et *Boismortier*, le pauvre B. M. ; je n'ose plus vous en parler ; je n'en pense pas moins, et vous savez ce que je pense, et ce que je desire.

Après ma litanie, je vous quitte, et mon cher D.... me quitte aussi, dont je suis bien attristée. Je le suivrai de près, et le premier d'octobre je regagne mon Aix. Que voulez-vous que je fasse à Bélombre sans vous, Monsieur? Je jure et je promets de n'y revenir que quand vous serez à portée d'y être, et j'ajoute à mon serment un que je tiendrai encore mieux, qui est de vous être tendrement et fidellement attachée tout le reste de mes jours.

Notre homme s'appelle B.... de B....; et de très-bonne famille et riche. Vous en jugez bien par tout ce que j'ai eu l'honneur de vous dire.

~~~~~~~~~~~~~~~~~~~~~~~~~~~~~~~~~

LETTRE LXXV.

Aix, 5 octobre 1736.

QUE vous êtes gai! que vous êtes gail-
lard! que vous vous portez bien dans
ce....! que vous êtes content d'y être!
que vous adoucissez bien là votre sang!
vous y faites passer bien plus de lait qu'il
n'y a d'eau dans nos fleuves. Vous vous
nourrissez comme les bergers de Lignon:
il me semble que je vous vois la houlette,
la panetière, etc. Mais Astrée, Phylis,
Diane, où sont-elles? Je n'en entends
point parler. Avez-vous le druide Ada-
mas? Le ver solitaire et tous ses cama-
rades sont bien assoupis pour le coup;
mais, comme vous dites fort bien, Monsieur, ils vous attendent sur le chemin.
Par quel privilége, s'il vous plaît, seriez-
vous l'unique mortel heureux? Tout au

plus nous vous laisserons le temps du....; profitez-en bien, et puis revenez nous rejeter dans le mouvement et dans l'agitation de la cour et de la ville, et ensuite dans les brasiers de la Provence. Nous avalons du feu au lieu de lait ; et il n'y a rien qui n'y paroisse. J'ai trouvé à Aix des tracasseries sans nombre, de toutes les espèces, dans tous les états et les étages, et la ville est pourtant déserte : jugez de ce qu'elle sera quand elle sera remplie. L'histoire du jour est la grandissime séparation et brouillerie de madame et M. de B... avec madame de M... cela s'est fait à B... et continue ici. Le sujet ne se dit pas ; mais ce qu'il y a de vrai, c'est que ce ménage, qui étoit l'enfer, est devenu le paradis ; l'amitié, l'union, la confiance y sont dans leur perfection ; de façon qu'on ne souhaite point que les étrangers s'introduisent davantage dans cette maison à titre de tant d'amitié. M. et madame de.... sont établis dans leur magnifique palais, qui se perfectionne tous les jours : ils se portent très-bien tous deux. Madame votre sœur n'est pas à Aix : voilà tout ce qui peut s'écrire. D.... a une bastide à deux lieues d'ici ; il a été vingt jours à Bélombre : plus on le voit, plus on le veut voir. J'imaginai donc d'aller me promener à cette bastide : deux petites lieues ; un chemin comme la main : l'exercice m'est nécessaire. J'emprunte un carrosse à six chevaux de M. le P. P. ; je m'embarque, *Dantelmy*, le chevalier et mademoiselle *Gros*, après un léger repas à onze heures, et nous partons à midi. Monsieur, les deux petites lieues en sont trois mortelles : ce chemin comme la main est tout ce qu'il y a de plus horrible ; bêtes et gens, nous n'en pouvions plus : il fallut enrayer six fois.

Enfin nous arrivons, et à peine sommes-nous là, que le soleil nous annonce qu'il faut repartir : nous revoilà sur le beau chemin, et tout de suite dans nos lits, brisés, roués : voilà notre aventure.

Je viens de perdre madame de *Grignan*, ma belle-sœur, que j'aimois tendrement : c'étoit une sainte, ignorée du monde ; elle m'a toujours aimée, et m'en a donné en mourant des marques très-aimables. Elle m'a fait présent de toute sa bibliothèque, qui est une chose parfaite par le choix des livres et par les reliures recherchées : c'étoit là tout son plaisir et son amusement. Elle a ajouté à cela le portrait de feu mon frère en bracelet avec de beaux diamans.

La pauvre mademoiselle *Gros* a été bien mortifiée de l'impossibilité qu'elle a vue dans votre lettre pour son élève ; je crois entre nous que c'étoit un mari en herbe; et la pauvre créature, sans bien, sans ressource, auroit trouvé là un établissement : je ne le sais pas, mais je m'en doute. Le bon Dieu ne le veut pas; il aura soin d'elle : elle a bien du mérite, et tout ce qu'il faudroit pour être desirée, hors du bien, qui est à présent tout ce qu'on veut.

Adieu, Monsieur; les cousins, *Pouponne*, tout cela vous est acquis, et moi plus que tout, et bien solidement, et bien tendrement.

LETTRE LXXVI.

Ce 8 octobre 1736.

PEUT-ÊTRE que les paroles de ce *Valentin*, dont vous faites l'éloge en le comparant à vos beaux arbres, auront plus de force que les miennes. Voilà ses complaintes sur notre pauvre cher....; et n'a-t-il pas raison? Peut-on oublier un tel homme dévoué à vous, qui a tant de mérite, de capacité; qui est fils de son père, qui a bâti Bélombre, qui a mis ma tête à l'abri des orages, enfin que vous aimez, que vous estimez, et nous aussi, si parfaitement? Si vous traitez ainsi B. J.... Ah! Monsieur, il faut réparer cela, s'il vous plaît : c'est un oubli assurément, ce ne peut être autre chose; mais un oubli qui afflige, qui va au cœur, qui laisse dans un état qui approche de la misère. Je réclame toute votre générosité, amitié, et j'espère que tout cela sera réparé : en tout cas je vous livre à *Villemont*,

~~~~~~

LETTRE LXXVII.

Ce 24 octobre 1736.

Ce n'est point une tante que j'ai perdue, Monsieur, c'est ma belle-sœur, veuve de mon frère, que j'aimois bien, et avec raison : mais cette méprise ne m'empêche pas de recevoir avec tendre réconnoissance les marques de votre sensibilité pour tout ce qui me regarde.

Vous apportez du. . . . . . . un sang si doux, des réflexions si sages, que ce seroit bien dommage de gâter tout cela. J'ái envie de faire publier, à son de trompe, que le premier qui aigrira votre sang, et qui interrompra votre tranquillité, de quelque façon que ce soit, sera puni sévèrement.

Je voudrois pourtant vous agiter un

petit moment au sujet des livres confiés à votre aumônier...... et égarés : n'êtes-vous pas un petit brin obligé de me les faire retrouver ? Nous avons eu des événemens tragiques. M. G. ..., employé ici, et commis de la cause de *Villemont*, dévot janséniste, mais en dernier lieu fanatique, vaillantiste, a été arrêté et mené au fort Saint-Nicolas à Marseille : c'étoit notre ami, et nous déplorons sa folie et ses tristes suites.

Dans le moment on m'apporte mes petits livres de Lyon, je n'ai pas le plus petit mot à dire. Je vous recommande *Boismortier*, et je vous fais la révérence, car voilà que l'on m'interrompt. Adieu, Monsieur; aimez-moi toujours, et revenez vîte, afin que je vous dise aussi combien je vous aime.

LETTRE LXXVIII.

Ce 3 décembre 1736.

Il est vrai , Monsieur, que c'est du plus loin que je me souvienne d'avoir reçu de vos nouvelles , et d'avoir eu l'honneur de vous écrire : ce n'est pas que je ne le dusse faire pour mon soulagement , car vous savez que je suis accablée sous le poids de la reconnoissance de toute une famille qui m'en a chargée , comme du soin de leur aider à vous faire leurs très-humbles révérences et remercîmens. Vous voyez d'ici tous les L. . . . . . , les Ch. . . . . , et sans doute les G. . . , si le prophète *Elie* ne lui avoit pas tourné la tête , et qu'il ne fût pas au fort Saint-Nicolas. Donc , Monsieur, ayez la bonté de vous tenir pour bien remercié , et

croyez que vous obligez des cœurs bien
sensibles, bien bons, bien reconnoissans
et bien attachés à vous, et le mien bro-
chant sur le tout. Il s'est en effet passé
bien des événemens depuis notre dernière
conversation : nous ne les savons jamais
qu'à-demi, attendu cette phrase de tous
ceux qui écrivent, *vous savez sans doute,*
moyennant laquelle on ne sait rien. Je
pensois être la seule à qui ce malheur
arrivoit ; j'ai trouvé madame de. . . . en
colère véritablement pour le même sujet.
Nous savons les morts de M. d'A. . . . . ,
de M. L. . . . . . , de madame de V. . . ;
et des fragmens de leurs dernières dispositions, et toujours par la supposition
que nous savons tout ; tant y a que nous
n'en savons que trop, et quand on sait
leur vie, on ne se dit que trop les circonstances de leur mort, à moins de ces
graces finales de bon larron, qui sont si

rares qu'on ne doit pas y compter ; il faut
pourtant tous paroître à ce grand tribu-
nal ; et que feront ceux qui n'y apportent
que des actions de Mississipi ? Je tremble
de plus en plus, mon cher Monsieur, je
tremble pour moi, pour mes amis, pour
les morts, pour les vivans, pour vous en
particulier ; je voudrois vous voir un
saint. Le tourbillon d'affaires, de devoirs,
de cour, d'intendance : ah ! mon Dieu !
que d'obstacles ! Je pleure ce pauvre
abbé *de Bussy*, car je ne connoissois
guère M. de L......, et on ne le connoissoit pas dans son diocèse. Je ne
connois rien à ce codicile, et j'éloigne
de ma pensée tout ce qu'il présente à l'esprit. Votre lettre, Monsieur, remplie
de tous ces morts, a été cause d'une chose
qui vous fâchera peut-être, et dont je
vous demande pardon. Je vous avoue
ingénuement que, saisie d'effroi, j'ai mal

reçu la pièce de M.... et annoncée comme peu chaste et peu chrétienne; je ne l'ai seulement pas lue , mais sur-le-champ je l'ai jetée au feu : ainsi elle n'a point été vue ni envoyée selon vos intentions. Je crois que vous ne me prendrez plus pour votre correspondante en pareilles matières. Je suis à votre service pour tout le reste ; vous savez que je vous suis fidellement et tendrement dévouée; mais il y a de la foiblesse , de la petitesse à ce que j'ai fait : ne faut-il pas se pardonner quelque chose ? Je ne lis plus aucune sorte de bagatelles , et je n'en ai même nulle curiosité. Pardon encore , Monsieur , pardon.

Je n'ai pas commencé ni imaginé le mariage de M. B...... avec mademoiselle de S.........; mais comme j'ai l'honneur d'appartenir à ceux-ci, et que j'ai fort connu madame de S....., elle

s'adressera à moi pour les instructions
dont on est curieux en pareil cas. Je n'a-
vois rien à dire que de bon , je le dis, et
tout de suite je me trouvai chargée de la
confiance des uns et des autres, et de la
continuation de cette besogne, qui n'a
point trouvé d'obstacles , et qui étoit si
aisée , que *Pouponne* l'auroit faite. A propos de cette *Pouponne* ; vraiment nous
sommes dans un beau mouvement. On
joue Athalie dans son couvent ; elle en
fait le rôle , et nous aurions grand besoin
de votre secours, Monsieur. Imaginez-
vous que nous ne savons (parce que je
l'ai oublié) comment elle est habillée ,
quand il faut qu'elle soit assise ou debout,
en colère , ou douce, ou hypocrite : tout
cela nous embarrasse. J'ai demandé une
poupée à *Sineti* pour modèle ; il l'oubliera,
et je serai fâchée. Ne pourriez-vous pas,
en remettant sous vos yeux cette tragédie

à quelque moment perdu , nous marquer nos différentes situations ? vous me feriez grand plaisir. On se porte bien à l'intendance : madame de. . . . . a eu pourtant quelques accès de sa colique , et M. le P. P. un gros rhume ; mais tout est passé. Je n'ai point de cousins autour de moi ; ils courent les champs depuis un mois : je les attends ces jours-ci. On dit tout bas que M. votre frère l'abbé vient en Provence avec vous. Vous ne sauriez mieux faire l'un et l'autre , et à vos amis plus de plaisir. Mais venez donc , Monsieur : voilà un temps admirable , profitez-en. Je compte que. . . . . nous dira beaucoup de nouvelles ; je compte aussi que vous savez toutes celles de Provence ; et quand on est à Paris , on ne s'en soucie guère.

J'aurois encore une infinité de choses à vous dire ; mais huit pages, c'est bien assez : la discrétion s'empare de moi. Je vous souhaite bien de la santé, bien de la tranquillité, et tous les bonheurs ensemble, et je vous dis bien vrai, Monsieur, et sur cela, et sur mon tendre attachement pour vous.

~~~~~~~~~~~~~~~~~~~~~~~~~~

LETTRE LXXIX.

Ce 29 décembre 1736.

QUANT à moi, qui n'aime pas qu'on se marie, je suis bien contente de la femme que vous nous amenez, Monsieur ; mais tout le monde en ce pays-ci en attendoit une autre. Ce que je crois fermement, c'est que si vous ne la cherchez pas dans le pays où vous êtes, je ne pense pas qu'il y ait rien en Provence digne de vous. Peut-être que vous allez faire quelque découverte à Rome ; il seroit beau de nous amener une dame romaine, pourvu qu'elle ait les vertus et les inclinations des premières de cette maîtresse du monde, les Lucrèces, les Émilies, les Fulvies, etc....: parlons d'Athalie, pour ne pas quitter la rime.

Vous m'avez dit, Monsieur, précisément tout ce que je voulois savoir. Me voilà bien en vous attendant ; car si vous me tenez parole, vous serez à temps de nous faire répéter notre leçon. Le fort de *Pouponne*, c'est le sentiment, d'où il arrive que ce qu'elle déclame selon son petit goût et son intelligence, vaut cent fois mieux que ce que nous lui apprenons : je viens de l'éprouver à cette dernière scène qui commence : *Te voilà, séducteur.*

Je ne croyois pas qu'elle la sût ; elle la dit mieux que tout le reste. Les choses qu'elle dit le moins bien, ce sont les simples, et où il ne faut pas de déclama-

tion : c'étoit le triomphe de la Lecouvreur.
Pour *Pouponne*, il faut de la fureur : c'est
une petite *Duclos*. Pour l'habit, madame
de..... veut l'habiller elle - même. J'ai
toujours demandé une poupée sur l'usage
des diadèmes ; nous ne l'avons point à
Aix, le croiriez-vous bien ? Au reste,
nous vous attendons par bien des raisons,
Monsieur ; mais entr'autres comme un
soleil qui doit pénétrer et dissoudre des
nuages sous lesquels sont cachées une infinité de choses que l'on ne nous dit de
Paris qu'en style d'oracle, et qui sont
cependant bien curieuses. Venez donc ;
mais venez avec la clef de tout, sans quoi
vous ne serez pas bien reçu. Puisque madame de..... a de vos nouvelles, c'est à
elle à vous dire des nôtres. Madame de....
est encore à la campagne : elle devient
dame romaine insensiblement, et moi,
je suis toujours, Monsieur, dame qui

vous honore, et qui vous est bien attachée. A propos, je vous souhaite la bonne
année en bref.

~~~~~~~~~~~~~~~~~~~~~~~~~~~

LETTRE LXXX.

Ce 19 février 1737.

Un longue lettre du milieu de Versailles
me paroît une faveur moins grande, que
quatre lignes de votre tourbillon. Monsieur, je vous en remercie donc. *Pouponne* vous attend le lundi gras; mais
ne lui manquez pas de parole; elle est
toute neuve sur les manques, elle n'en-
tendroit pas raillerie : avec le temps elle
s'accoutumera au jargon, et le parlera
peut-être elle-même. Hélas! que sait-on?
mesdames de *Verne*, de *Bournonville*,
et de *Sessac*, avoient été élevées à Port-
Royal, et le jour qu'on les mena à l'Opéra

pour la première fois , elles ne tournèrent
jamais les yeux sur le spectacle.

Que de monde , Monsieur, que de
monde va vous arriver ! Envoyez-nous
des journaux , sans quoi nous aurons
peur des esprits. J'ai envoyé à madame
de *Saint-Marc* l'extrait de votre lettre
qui parle de sa fille ; elle en a été comblée
de joie. Le tonnerre ne tombe donc pas
encore ? mais y a-t-il tant de fumée sans
un peu de feu ? Le temps nous apprendra
tout. Vous faites bien voir Marseille en
beau à l'abbé ; cela n'est pas mal fin :
nous sommes obligés de lui donner si
bonne opinion de notre patrie! Ne le mè-
nerez-vous point à Bélombre ? Pensez-
vous à votre grand voyage ? Si vous devez
le faire , dépêchez-vous, pour l'amour de
Dieu ; car je vous déclare que plus de
Bélombre pour moi sans vous, Monsieur, que j'honore, que j'aime bien ten-

drement en vérité. Faites recevoir mes
très-humbles respects, je vous en prie,
par frère et sœur.

━━━━━━━━━━━━━━━━━━

LETTRE LXXXI.

Ce 29 février 1737.

COMMENT vous trouvez-vous de notre
cher le.... Pour lui il est dans l'enthousiasme et dans la parfaite reconnoissance,
et moi je la partage. Il a bien envie de
vous plaire et de mériter vos bonnes
graces. Il est heureux, mais vous l'êtes
aussi : vous avez auprès de vous le plus
honnête homme du monde, et le plus
digne de votre confiance en tout point ;
car vous pouvez dormir en repos quand
il sera une fois au fait, et il le sera bientôt.
Vous l'avez admis à votre table : c'est un
bénéfice pour lui. Si j'osois, je vous di-

rois , et vous conseillerois, et vous prie-
rois de n'en point faire un *en attendant*,
mais une chose permanente. Les matins,
je vous en aurois écrit ; mais dans le nombre des faveurs qu'il solemnise , j'y ai
trouvé celle-là : continuez-là , Monsieur;
je suis moitié de tout. J'entends bour-
donner à mes oreilles des choses qui m'af-
fligent. Je ne veux savoir de mes amis
et de leurs affaires que ce qu'ils veulent
bien que j'en sache. Je réponds : il faut
entendre les deux parties. Vous entendez
ce jargon , et qu'il regarde les... Ne dites point que je vous en ai écrit ; dites-
moi seulement mes réponses : mon cœur
a déjà fait celles que l'amitié suggère :
le reste ne peut être qu'au-dessous. Bon
jour , Monsieur.

LETTRE LXXXII.

Ce 28 mars 1737.

Adieu, Monsieur; je vous souhaite un bon et heureux voyage. Je suis toujours misérable; me voici au lait d'ânesse; il passe bien; on me promet des merveilles, mais je souffre toujours peu ou prou. Je ne verrai madame *Dansezume* qu'à son retour : faites-lui bien aimer la Provence; vous en êtes bien capable, et moi de vous honorer et aimer bien tendrement jusqu'à ma fin.

Mille complimens à M. l'abbé, et bon voyage. Nous venons d'apprendre la mort du chevalier *de Castellane*, colonel d'Orléans, en deux jours de temps. Quelle mort !

LETTRE LXXXIII.

Réponse de madame la marquise de Si-
miane à une lettre de M. le chevalier de
l'Aubepin.

Il est juste, Monsieur, que pour répondre à l'obligeante idée que vous avez
de ma pénétration, je prenne quelque
peine, et que je vous détaille le plus au
long qu'il me sera possible mes conjec-
tures sur les coups étonnans qu'on entend frapper au pied de votre montagne,
et sur le terme périodique qui les détermine.

Il faut d'abord poser pour principe,
Monsieur, que le créateur, dans le dé-
brouillement du chaos.... Attendez, il
me vient dans l'esprit quelque chose qui

vaudra mieux que ce début de système,
ou du moins qui nous épargnera bien de
mauvais raisonnemens. Ouvrez vîte un
Don-Quichotte , consultez son écuyer
Pança ; s'il m'en souviens bien, il en-
tendit , non sans trembler, quoiqu'en
compagnie d'un Amadis en chair et en
os, un bruit parfaitement semblable à
celui sur qui vous épuisez vos réflexions,
et cela à-peu-près dans la même heure de
la nuit. Il va vous répondre que tout cet
effrayant et mesuré tintamare n'est rien
autre chose que des foulons à drap. Res-
pirez, Monsieur, et croyez-le sur sa parole, je vous le conseille ; car

> Aimez-vous mieux ajouter foi
> Au bruit qui court ici , que non loin d'où vous êtes ;
> Par gens qui n'ont qu'un œil, amour fait en cachettes
> Frapper dars des grottes secrettes.
> Des écus de très-bas aloi,
> Qu'il fait passer par les coquettes ,
> Et dont les deux côtés sont marqués , se dit-on ,
> D'un visage de Cupidon.

Il faut opter, Monsieur, ou vous résoudre à passer pour un incrédule fieffé. A propos, je crois que vous ne l'êtes pas mal incrédule ; car, pour peu que vous eussiez de foi, ne vous seroit-il pas le plus aisé du monde de transporter la montagne pour un moment et voir ce qui se passe dessous ? Quant à moi, qui crois en avoir une dose tant soit peu raisonnable, je m'imagine découvrir dans l'intérieur de votre montagne quelque chose qui sent fort son enfer, c'est-à-dire, quantité de minières de soufre et de bitume, dont l'ébullition réglée par la chaleur qui se concentre à l'entrée de la nuit, fait détacher des masses de rochers qui font les diables que vos habitans appellent les *frappeurs*. Venons à la seconde partie de votre lettre : on ne peut rien voir de plus aimable que la peinture que vous y faites.

Mais lorsque qu'avec tant d'art vous parlez contre l'art
En faveur des beautés de votre solitude,
    Où la nature seule à part,
N'êtes-vous pas coupable un peu d'ingratitude?

Je ne puis exprimer la satisfaction que j'ai d'apprendre, par d'aussi jolies preuves que celles que vous me donnez, la parenté de votre fontaine avec Narcisse. Vous ajoutez que sur ses bords

Vous avez de Diane à coup sûr vu les traces.
N'avez-vous point aussi vu celles de Cypris?
    Car il paroît par vos écrits
    Que vous y trouvâtes les Graces.

Je gagerois aussi que vous y avez reconnu le frère des neuf doctes sœurs, bien que vous veuillez nous en faire mystère: avouez la dette, Monsieur.

    Apollon, quittant l'Hypocrène,
Vint rêver au doux bruit que fait votre fontaine;
Et le long de ces bords si rians, si fleuris,
    Il composa, sur sa divine lyre,
    Les vers que vous m'avez fait lire:
    Vous ne les avez que transcrits.

Je voudrois vous apprendre des curio-
sités équivalentes à celles dont vous m'a-
vez fait part ; mais les montagnes de ce
pays-ci sont plus pacifiques ; et les fon-
taines, qui chez vous contiennent des
naïades et mille autres aimables divi-
nités, ne contiennent ici que de l'eau
claire.

J'ai cependant quelque chose à vous
mander d'aussi simple et aussi dépourvu
de fard que votre séjour champêtre, et
c'est, Monsieur, que je suis votre, etc.

De l'imprimerie de FEUGUERAY, rue
Pierre-Sarrazin, n°. 11.

www.ingramcontent.com/pod-product-compliance
Lightning Source LLC
Chambersburg PA
CBHW050141030726
47505CB00005B/1187